दो भाई

व अन्य कहानियां

मनोज पब्लिकेशन्स

प्रकाशक :

मनोज पब्लिकेशन्स

761, मेन रोड, बुराड़ी, दिल्ली-110084

फोन : 27611116, 27611349, फैक्स : 27611546

मोबाइल : 9868112194

ईमेल : info@manojpublications.com

वेबसाइट : www.manojpublications.com

शोरूम :

मनोज पब्लिकेशन्स

1583-84, दरीबा कलां, चांदनी चौक, दिल्ली-110006

फोन : 23262174, 23268216, मोबाइल : 9818753569

ISBN : 978-81-310-1182-6

प्रथम संस्करण : 2011

दो भाई व अन्य कहानियां : प्रेमचंद

प्रकाशकीय

31 जुलाई, सन् 1880 को वाराणसी शहर से चार मील दूर समही गांव में जन्मे धनपत राय ही हिंदी-साहित्य जगत् में प्रेमचंद के नाम से प्रसिद्ध हुए। उन्हें यह नाम दिया था मुंशी दयानारायण निगम ने, जो उनके अभिन्न मित्र थे।

आजीवन विपरीत परिस्थितियों से टकराने वाले इस महान लेखक—प्रेमचंद ने सामाजिक विषमताओं पर करारा प्रहार किया है। गरीबों के प्रति उनके मन में विशेष सहानुभूति थी, तभी तो कड़क सर्दी में गरम सूट के लिए मिलने वाले पैसों को, जो उन्हें दो बार मिले थे, उन्होंने उन मजदूरों के बीच बांट दिया, जिनकी दो जून की रोटी पूरी नहीं हो पा रही थी। उनके रोम-रोम से निःसृत होने वाली इस संवेदना ने ही प्रेमचंद को 'हृदय सम्राट' बना दिया।

उपन्यास हों या फिर कहानियां उनके चरित्र आम होते हुए भी विशेष इसलिए हो जाते हैं क्योंकि वे पाठकों का दिलो-दिमाग झिंझोड़कर रख देते हैं। प्रेमचंद की लेखनी शब्दों द्वारा ऐसे वातावरण का निर्माण करती है कि पाठक की आंखों के आगे सारा दृश्य जस का तस घूमने लगता है। छोटी-छोटी बातों और घटनाओं के गर्भ में छिपे संकेतों को वे इस तरह उभारते हैं कि विश्वास ही नहीं होता कि किसी के जीवन में ऐसा भी मोड़ आ सकता है। जीवन का शायद ही कोई ऐसा क्षेत्र होगा, जिस पर उन्होंने अपनी प्रतिक्रिया न व्यक्त की हो। उनके 'चरित्र' समाज के प्रत्येक तबके का प्रतिनिधित्व करते हैं।

मजबूरों के लिए आजीवन लड़ने वाले इस महान रचनाकार के जीवन की इतिश्री 8 अक्तूबर, 1936 को आर्थिक विपन्नता के कारण ठीक से इलाज न कराए जाने के फलस्वरूप हुई। लेकिन उन्हें किसी से कोई गिला-शिकवा नहीं था। मृत्यु से पहले जैनेंद्र जी से उन्होंने कहा था—"लोग ऐसे समय में ईश्वर को याद करते हैं, मुझे भी याद दिलाई जाती है, पर मुझे अभी तक ईश्वर को कष्ट देने की आवश्यकता महसूस नहीं हुई है।"

प्रेमचंद की यह कम मूल्य की सीरीज उन पाठकों के लिए विशेष रूप से तैयार की गई, जिन्होंने इस महान लेखक का नाम तो सुना है परंतु उसकी लेखनी रस को नहीं चखा है। हमें विश्वास है कि इन कहानियों को पढ़ने के बाद उन्हें प्रेमचंद का संपूर्ण साहित्य पढ़ने की अवश्य प्रेरणा मिलेगी—उनका हार्दिक स्वागत है।

□□

अनुक्रम

दो भाई

प्रातःकाल सूर्य की सुहावनी सुनहरी धूप में कलावती दोनों बेटों को जांघों पर बैठा दूध और रोटी खिलाती। केदार बड़ा था, माधव छोटा। दोनों मुंह में कौर लिये, कई पग उछल-कूद कर फिर जांघों पर आ बैठते और अपनी तोतली बोली में इस प्रार्थना की रट लगाते थे, जिसमें एक पुराने सहृदय कवि ने किसी जाड़े के सताये हुए बालक के हृदयोद्‌गार को प्रकट किया है—

"दैव-दैव घाम करो तुम्हारे बालक को लगता जाड़"

मां उन्हें चुमकार कर बुलाती और बड़े-बड़े कौर खिलाती। उसके हृदय में प्रेम की उमंग थी और नेत्रों में गर्व की झलक। दोनों भाई बड़े हुए। साथ-साथ गले में बांहें डाले खेलते थे। केदार की बुद्धि चुस्त थी। माधव का शरीर। दोनों में इतना स्नेह था कि साथ-साथ पाठशाला जाते, साथ-साथ खाते और साथ ही साथ रहते थे! दोनों भाइयों का ब्याह हुआ। केदार की वधू चम्पा, अमित-भाषिणी और चंचला थी। माधव की वधू श्यामा सांवली-सलोनी, रूपराशि की खान थी। बड़ी ही मृदुभाषिणी, बड़ी ही सुशीला और शांतस्वभावा थी।

केदार चम्पा पर मोहे और माधव श्यामा पर रीझे। परन्तु कलावती का मन किसी से न मिला। वह दोनों से प्रसन्न और दोनों से अप्रसन्न थी। उसकी शिक्षा-दीक्षा का बहुत अंश इस व्यर्थ के प्रयत्न में व्यय होता था कि चम्पा अपनी कार्यकुशलता का एक भाग श्यामा के शांत स्वभाव से बदल ले।

दोनों भाई संतानवान हुए। हरा-भरा वृक्ष खूब फैला और फलों से लद गया। कुत्सित वृक्ष में केवल एक फल दृष्टिगोचर हुआ, वह भी कुछ पीला-सा मुरझाया हुआ; किन्तु दोनों अप्रसन्न थे। माधव को धन-सम्पत्ति की लालसा थी और केदार को संतान की अभिलाषा।

भाग्य की इस कूटनीति ने शनैः-शनैः द्वेष का रूप धारण किया, जो स्वाभाविक था। श्यामा अपने लड़कों को संवारने-सुधारने में लगी रहती; उसे सिर उठाने की फुरसत नहीं मिलती थी। बेचारी चम्पा को चूल्हे में जलना और चक्की में पिसना पड़ता। यह अनीति कभी-कभी कटु शब्दों में निकल जाती। श्यामा सुनती, कुढ़ती और चुपचाप सह लेती। परन्तु उसकी यह सहनशीलता चम्पा के क्रोध को शांत करने के बदले और बढ़ाती। यहां तक कि प्याला

लबालब भर गया। हिरन भागने की राह न पाकर शिकारी की तरफ लपका। चम्पा और श्यामा समकोण बनाने वाली रेखाओं की भांति अलग हो गयीं। उस दिन एक ही घर में दो चूल्हे जले, परन्तु भाइयों ने दाने की सूरत न देखी और कलावती सारे दिन रोती रही।

कई वर्ष बीत गये। दोनों भाई जो किसी समय एक ही पालथी पर बैठते थे, एक ही थाली में खाते थे और एक ही छाती से दूध पीते थे, उन्हें अब एक घर में, एक गांव में रहना कठिन हो गया। परन्तु कुल की साख में बट्टा न लगे, इसलिए ईर्ष्या और द्वेष की धधकी हुई आग को राख के नीचे दबाने की व्यर्थ चेष्टा की जाती थी। उन लोगों में अब भ्रातृ-स्नेह न था। केवल भाई के नाम की लाज थी। मां भी जीवित थी, पर दोनों बेटों का वैमनस्य देख कर आंसू बहाया करती। हृदय में प्रेम था, पर नेत्रों में अभिमान न था। कुसुम वही था, परन्तु वह छटा न थी।

दोनों भाई जब लड़के थे, तब एक को रोते देख दूसरा भी रोने लगता था, तब वह नादान, बेसमझ और भोले थे। आज एक को रोते हुए देख दूसरा हंसता और तालियां बजाता। अब वह समझदार और बुद्धिमान हो गये थे।

जब उन्हें अपने-पराये की पहचान न थी, उस समय यदि कोई छेड़ने के लिए एक को अपने साथ ले जाने की धमकी देता, तो दूसरा जमीन पर लोट जाता और उस आदमी का कुर्ता पकड़ लेता। अब यदि एक भाई को मृत्यु भी धमकाती तो दूसरे के नेत्रों में आंसू न आते। अब उन्हें अपने-पराये की पहचान हो गयी थी।

बेचारे माधव की दशा शोचनीय थी। खर्च अधिक था और आमदनी कम। उस पर कुल-मर्यादा का निर्वाह। हृदय चाहे रोये, पर होंठ हंसते रहें। हृदय चाहे मलिन हो, पर कपड़े मैले न हों! चार पुत्र थे, चार पुत्रियां और आवश्यक वस्तुएं मोतियों के मोल। कुछ पाइयों की जमींदारी कहां तक सम्हालती। लड़कों का ब्याह अपने वश की बात थी, पर लड़कियों का विवाह कैसे टल सकता! दो पाई जमीन पहली कन्या के विवाह में भेंट हो गयी। उस पर भी बराती बिना भात खाये आंगन से उठ गये। शेष दूसरी कन्या के विवाह में निकल गयी। साल भर बाद तीसरी लड़की का विवाह हुआ, पेड़-पत्ते भी न बचे। हां, अबकी डाल भरपूर थी। परन्तु दरिद्रता और धरोहर में वही सम्बन्ध है जो मांस और कुत्ते में।

इस कन्या का अभी गौना न हुआ था कि माधव पर दो साल के बकाया लगान का वारंट आ पहुंचा। कन्या के गहने गिरों (बंदक) रखे गये। गला छूटा। चम्पा इसी समय की ताक में थी। तुरन्त नये नातेदारों को सूचना दी। तुम लोग बेसुध बैठे हो, यहां गहनों का सफाया हुआ जाता है। दूसरे दिन एक नाई और

दो ब्राह्मण माधव के दरवाजे पर आकर बैठ गये। बेचारे के गले में फांसी पड़ गयी। रुपये कहां से आवें, न जमीन, न जायदाद, न बाग, न बगीचा। रहा विश्वास, वह कभी का उठ चुका था; अब यदि कोई सम्पत्ति थी, तो केवल वही दो कोठरियां, जिसमें उसने अपनी सारी आयु बितायी थी, और उसका कोई ग्राहक न था। विलम्ब से नाक कटी जाती थी। विवश होकर केदार के पास आया और आंखों में आंसू भरे बोला, भैया, इस समय मैं बड़े संकट में हूं, मेरी सहायता करो।

केदार ने उत्तर दिया—मद्धू! आजकल मैं भी तंग हो रहा हूं, तुमसे सच कहता हूं।

चम्पा अधिकारपूर्ण स्वर से बोली—अरे, तो क्या इनके लिए भी तंग हो रहे हैं! अलग भोजन करने से क्या इज्जत अलग हो जायेगी!

केदार ने स्त्री की ओर कनखियों से ताक कर कहा—नहीं-नहीं मेरा यह प्रयोजन नहीं था। हाथ तंग है तो क्या, कोई न कोई प्रबन्ध किया ही जायेगा।

चम्पा ने माधव से पूछा—पांच बीस से कुछ ऊपर ही पर गहने रखे थे न।

माधव ने उत्तर दिया—हां, ब्याज सहित कोई सवा सौ रुपये होते हैं!

केदार रामायण पढ़ रहे थे। फिर पढ़ने में लग गये। चम्पा ने तत्त्व की बातचीत शुरू की—रुपया बहुत है, हमारे पास होता तो कोई बात न थी। परन्तु हमें भी दूसरे से दिलाना पड़ेगा और महाजन बिना कुछ लिखाये-पढ़ाये रुपया देते नहीं।

माधव ने सोचा, यदि मेरे पास कुछ लिखाने-पढ़ाने को होता, तो क्या और महाजन मर गये थे, तुम्हारे दरवाजे आता क्यों? बोला—लिखने-पढ़ने को मेरे पास है ही क्या? जो कुछ जगह-जायदाद है, वह यही घर है।

केदार और चम्पा ने एक दूसरे को मर्मभेदी नयनों से देखा और मन ही मन कहा—क्या आज सचमुच जीवन की प्यारी अभिलाषाएं पूरी होंगी। परन्तु हृदय की यह उमंग मुंह तक आते-आते गम्भीर रूप धारण कर गयी। चम्पा बड़ी गम्भीरता से बोली—घर पर तो कोई महाजन कदाचित् ही रुपया दे। शहर हो तो कुछ किराया ही आवे, पर गंवई में तो कोई सेंत में रहने वाला भी नहीं। फिर साझे की चीज ठहरी।

केदार डरे कि कहीं चम्पा की कठोरता से खेल बिगड़ न जाय। बोले—एक महाजन से मेरी जान-पहचान है, वह कदाचित् कहने-सुनने में आ जाय!

चम्पा ने गर्दन हिला कर इस युक्ति की सराहना की और बोली—पर दो-तीन बीस से अधिक मिलना कठिन है।

केदार ने जान पर खेल कर कहा—अरे, बहुत दबाने पर चार बीस हो जायेंगे। और क्या!

अबकी चम्पा ने तीव्र दृष्टि से केदार को देखा और अनमनी-सी होकर बोली—महाजन ऐसे अंधे नहीं होते।

माधव अपने भाई-भावज के इस गुप्त रहस्य को कुछ-कुछ समझता था। वह

चकित था कि इन्हें इतनी बुद्धि कहां से मिल गयी। बोला—और रुपये कहां से आवेंगे?

चम्पा चिढ़ कर बोली—और रुपयों के लिए और फिक्र करो! सवा सौ रुपये इन दो कोठरियों के इस जन्म में कोई न देगा, चार बीस चाहो तो एक महाजन से दिला दूं, लिखा-पढ़ी कर लो।

माधव इन रहस्यमय बातों से सशंक हो गया। उसे भय हुआ कि यह लोग मेरे साथ कोई गहरी चाल चल रहे हैं। दृढ़ता के साथ अड़ कर बोला—और कौन-सी फिक्र करूं? गहने होते तो कहता, लाओ रख दूं। यहां तो कच्चा सूत भी नहीं है। जब बदनाम हुए तो क्या दस के लिए, क्या पचास के लिए, दोनों एक ही बात है। यदि घर बेच कर मेरा नाम रह जाय, तो यहां तक तो स्वीकार है; परन्तु घर भी बेचूं और उस पर भी प्रतिष्ठा धूल में मिले, ऐसा मैं न करूंगा। केवल नाम का ध्यान है, नहीं एक बार नहीं कर जाऊं तो मेरा कोई क्या करेगा? और सच पूछो तो मुझे अपने नाम की कोई चिंता नहीं है। मुझे कौन जानता है? संसार तो भैया को हंसेगा।

केदार का मुंह सूख गया। चम्पा भी चकरा गयी। वह बड़ी चतुर वाक्य-निपुण रमणी थी। उसे माधव जैसे गंवार से ऐसी दृढ़ता की आशा न थी। उसकी ओर आदर से देख कर बोली—लालू, कभी-कभी तुम भी लड़कों की-सी बातें करते हो! भला इस झोंपड़ी पर कौन सौ रुपये निकाल कर देगा? तुम सवा सौ के बदले सौ ही दिलाओ, मैं आज ही अपना हिस्सा बेचती हूं। उतना ही मेरा भी तो है? घर पर तो तुमको वही चार बीस मिलेंगे। हां, और रुपयों का प्रबंध हम-आप कर देंगे। इज्जत हमारी-तुम्हारी एक ही है, वह न जाने पायेगी। वह रुपया अलग खाते में चढ़ा लिया जायेगा।

माधव की इच्छाएं पूरी हुईं। उसने मैदान मार लिया। सोचने लगा, मुझे तो रुपयों से काम है, चाहे एक नहीं, दस खाते में चढ़ा लो। रहा मकान वह जीते जी नहीं छोड़ने का। प्रसन्न हो कर चला। उसके जाने के बाद केदार और चम्पा ने कपट-भेष त्याग दिया और बड़ी देर तक एक दूसरे को इस कड़े सौदे का दोषी सिद्ध करने की चेष्टा करते रहे। अंत में मन को इस तरह संतोष दिया कि भोजन बहुत मधुर नहीं, किन्तु भर-कठौत तो है। घर, हां, देखेंगे कि श्यामा रानी इस घर में कैसे राज करती हैं।

केदार के दरवाजे पर दो बैल खड़े हैं। इनमें कितनी संघ-शक्ति, कितनी मित्रता और कितना प्रेम है। दोनों एक ही जुए में चलते हैं; बस इनमें इतना ही नाता है। किन्तु अभी कुछ दिन हुए, जब इनमें से एक चम्पा के मैके मंगनी गया था, तो दूसरे ने तीन दिन तक नाद में मुंह नहीं डाला। परन्तु शोक, एक गोद के खेले भाई, एक छाती से दूध पीने वाले आज इतने बेगाने हो रहे हैं कि एक घर में रहना भी नहीं चाहते।

प्रातःकाल था। केदार के द्वार पर गांव के मुखिया और नंबरदार विराजमान थे। मुंशी दातादयाल अभिमान से चारपाई पर बैठे रेहन का मसविदा तैयार करने में लगे थे। बार-बार कलम बनाते और बार-बार खत रखते, पर खत की शान न सुधरती थी। केदार का मुखारविंद विकसित था और चम्पा फूली नहीं समाती थी। माधव कुम्हलाया और म्लान था।

मुखिया ने कहा—भाई ऐसा हित, न भाई ऐसा शत्रु। केदार ने छोटे भाई की लाज रख ली।

नम्बरदार ने अनुमोदन किया—भाई हो तो ऐसा हो।

मुख्तार ने कहा—भाई, सपूतों का यही काम है।

दातादयाल ने पूछा—रेहन लिखने वाले का नाम?

बड़े भाई बोले—माधव वल्द शिवदत्त।

'और लिखाने वाले का?'

'केदार वल्द शिवदत्त।'

माधव ने बड़े भाई की ओर चकित होकर देखा। आंखें डबडबा आयीं। केदार उसकी ओर देख न सका। नंबरदार, मुखिया और मुख्तार भी विस्मित हुए। क्या केदार खुद ही रुपया दे रहा है? बातचीत तो किसी साहूकार की थी। जब घर ही में रुपया मौजूद है तो इस रेहननामे की आवश्यकता ही क्या थी? भाई-भाई में इतना अविश्वास। अरे, राम! राम! क्या माधव 80 रु. का भी महंगा है! और यदि दबा ही बैठता, तो क्या रुपये पानी में चले जाते।

सभी की आंखें सैन द्वारा परस्पर बातें करने लगीं, मानो आश्चर्य की अथाह नदी में नौकाएं डगमगाने लगीं।

श्यामा दरवाजे की चौखट पर खड़ी थी। वह सदा केदार की प्रतिष्ठा करती थी, परन्तु आज केवल लोकरीति ने उसे अपने जेठ को आड़े हाथों लेने से रोका।

बूढ़ी अम्मां ने सुना तो सूखी नदी उमड़ आयी। उसने एक बार आकाश की ओर देखा और माथा ठोंक लिया।

अब उसे उस दिन का स्मरण हुआ जब ऐसा ही सुहावना सुनहरा प्रभात था और दो प्यारे-प्यारे बच्चे उसकी गोद में बैठे हुए उछल-कूद कर दूध-रोटी खाते थे। उस समय माता के नेत्रों में कितना अभिमान था, हृदय में कितनी उमंग और कितना उत्साह!

परन्तु आज, आह! आज नयनों में लज्जा और हृदय में शोक-संताप। उसने पृथ्वी की ओर देख कर कातर स्वर में कहा—हे नारायण! क्या ऐसे पुत्रों को मेरी ही कोख में जन्म लेना था?

●●●

सत्याग्रह

हिज एक्सेलेंसी वाइसराय बनारस आ रहे थे। सरकारी कर्मचारी, छोटे से बड़े तक, उनके स्वागत की तैयारियां कर रहे थे। इधर कांग्रेस ने शहर में हड़ताल मनाने की सूचना दे दी थी। इससे कर्मचारियों में बड़ी हलचल थी। एक ओर सड़कों पर झंडियां लगाई जा रही थीं, सफाई हो रही थी, पंडाल बन रहा था; दूसरी ओर फौज और पुलिस के सिपाही संगीनें चढ़ाए शहर की गलियों में और सड़कों पर कवायद करते फिरते थे। कर्मचारियों की सिरतोड़ कोशिश थी कि हड़ताल न होने पाए, मगर कांग्रेसियों की धुन थी कि हड़ताल हो और जरूर हो। अगर कर्मचारियों को पशुबल का जोर है, तो हमें नैतिक बल का भरोसा; इस बार दोनों की परीक्षा हो जाय कि मैदान किसके हाथ रहता है।

घोड़े पर सवार मैजिस्ट्रेट सुबह से शाम तक दुकानदारों को धमकियां देता फिरता कि एक-एक को जेल भिजवा दूंगा, बाजार लुटवा दूंगा, यह करूंगा और वह करूंगा। दुकानदार हाथ बांधकर कहते—हुजूर बादशाह हैं, विधाता हैं, जो चाहें कर सकते हैं। पर हम क्या करें ? कांग्रेस वाले हमें जीता न छोड़ेंगे। हमारी दुकानों पर धरने देंगे, हमारे ऊपर बाल बढ़ाएंगे, कुएं में गिरेंगे, उपवास करेंगे। कौन जाने, दो-चार प्राण ही दे दें, तो हमारे मुंह पर सदैव के लिए कालिख पुत जायगी। हुजूर उन्हीं कांग्रेस वालों को समझाएं, तो हमारे ऊपर बड़ा एहसान करें। हड़ताल न करने से हमारी कुछ हानि थोड़े ही होगी। देश के बड़े-बड़े आदमी आवेंगे, हमारी दुकानें खुली रहेंगी, तो एक के दो लेंगे, महंगे सौदे बेचेंगे; पर करें क्या, इन शैतानों से कोई बस नहीं चलता।

राय हरनन्दन साहब, राजा लालचन्द और खां बहादुर मौलवी महमूदअली तो कर्मचारियों से भी ज्यादा बेचैन थे। मैजिस्ट्रेट के साथ-साथ और अकेले भी बड़ी कोशिश करते थे। अपने मकान पर बुलाकर दुकानदारों को समझाते, अनुनय-विनय करते, आंखें दिखाते, इक्के-बग्घी वालों को धमकाते, मजदूरों की खुशामद करते; पर कांग्रेस के मुट्ठी भर आदमियों का कुछ ऐसा आतंक छाया हुआ था कि कोई इनकी सुनता ही न था। यहां तक कि पड़ोस की कुंजड़िन ने भी निर्भय होकर कह दिया—हुजूर, चाहे मार डालो, पर दुकान न खुलेगी। नाक न कटवाऊंगी। सबसे बड़ी चिन्ता यह थी कि कहीं पंडाल बनाने वाले मजदूर, बढ़ई, लोहार

वगैरह काम न छोड़ दें, नहीं तो अनर्थ ही हो जायेगा। राय साहब ने कहा—हुजूर, दूसरे शहरों से दुकानदार बुलवाएं और एक बाजार अलग खोलें।

खां साहब ने फरमाया—वक्त इतना कम रह गया है कि दूसरा बाजार तैयार नहीं हो सकता। हुजूर कांग्रेस वालों को गिरफ्तार कर लें या उनकी जायदाद जब्त कर लें, फिर देखिए कैसे काबू में नहीं आते!

राजा साहब बोले—पकड़-धकड़ से तो लोग और झल्लाएंगे। कांग्रेस से हुजूर कहें कि तुम हड़ताल बन्द कर दो, तो सबको सरकारी नौकरी दे दी जायगी। उसमें अधिकांश बेकार लोग भरे पड़े हैं, यह प्रलोभन पाते ही फूल उठेंगे।

मगर मैजिस्ट्रेट को कोई राय न जंची। यहां तक कि वाइसराय के आने में तीन दिन और रह गए।

आखिर राजा साहब को एक युक्ति सूझी। क्यों न हम लोग भी नैतिक बल का प्रयोग करें? आखिर कांग्रेस वाले धर्म और नीति के नाम पर ही तो यह तूमार बांधते हैं। हम लोग भी उन्हीं का अनुकरण करें, शेर को उसकी मांद में पछाड़ें। कोई ऐसा आदमी पैदा करना चाहिए, जो व्रत करे कि दुकानें न खुलीं, तो मैं प्राण दे दूंगा। यह जरूरी है कि वह ब्राह्मण हो और ऐसा, जिसको शहर के लोग मानते हों, आदर करते हों। अन्य सहयोगियों के मन में भी यह बात बैठ गई। उछल पड़े। राय साहब ने कहा—बस, अब पड़ाव मार लिया। अच्छा, ऐसा कौन पंडित है, पंडित गदाधर शर्मा?

राजा—जी नहीं, उसे कौन मानता है? खाली समाचार-पत्रों में लिखा करता है। शहर के लोग उसे क्या जानें?

राय साहब—दमड़ी ओझा तो है इस ढंग का?

राजा—जी नहीं, कॉलेज के विद्यार्थियों के सिवा उसे और कौन जानता है?

राय साहब—पंडित मोटेराम शास्त्री?

राजा—बस, बस। आपने खूब सोचा। बेशक वह है इस ढंग का। उसी को बुलाना चाहिए। विद्वान् है, धर्म-कर्म से रहता है। चतुर भी है। वह अगर हाथ में आ जाए, तो फिर बाजी हमारी है।

राय साहब ने तुरन्त पंडित मोटेराम के घर सन्देशा भेजा। उस समय शास्त्रीजी पूजा पर थे। यह पैगाम सुनते ही जल्दी से पूजा समाप्त की और चले। राजा साहब ने बुलाया है, धन्य भाग! धर्मपत्नी से बोले—आज चन्द्रमा कुछ बली मालूम होते हैं। कपड़े लाओ, देखूं, क्यों बुलाया है?

स्त्री ने कहा—भोजन तैयार है, करते जाओ; न जाने कब लौटने का अवसर मिले।

किन्तु शास्त्रीजी ने आदमी को इतनी देर खड़ा रखना उचित न समझा। जाड़े

के दिन थे। हरी बनात की अचकन पहनी, जिस पर लाल शंजाफ लगी हुई थी। गले में एक जरी दुपट्टा डाला। फिर सिर पर बनारसी साफा बांधा। लाल चौड़े किनारे की रेशमी धोती पहनी और खड़ाऊं पर चले। उनके मुख से ब्रह्मतेज टपकता था। दूर ही से मालूम होता था कि कोई महात्मा आ रहे हैं। रास्ते में जो मिलता, सिर झुकाता; कितने ही दुकानदारों ने खड़े होकर पै लगी की। आज काशी का नाम इन्हीं की बदौलत चल रहा है, नहीं तो और कौन रह गया है? कितना नम्र स्वभाव है। बालकों से हंसकर बातें करते हैं। इस ठाट से पंडित जी राजा साहब के मकान पर पहुंचे। तीनों मित्रों ने खड़े होकर उनका सम्मान किया। खां बहादुर बोले—कहिए पंडितजी, मिजाज तो अच्छे हैं? वल्लाह आप नुमाइश में रखने के काबिल आदमी हैं। आपका वजन तो दस मन से कम न होगा?

राय साहब—एक मन इल्म के लिए दस मन अक्ल चाहिए। उसी कायदे से एक मन अक्ल के लिए दस मन का जिस्म जरूरी है, नहीं तो उसका बोझा कौन उठाए?

राजा साहब—आप लोग इसका मतलब नहीं समझ सकते। बुद्धि एक प्रकार का नजला है, जब दिमाग में नहीं समाती, तो जिस्म में आ जाती है।

खां साहब—मैंने तो बुजुर्गों की जबानी सुना है कि मोटे आदमी अक्ल के दुश्मन होते हैं।

राय साहब—आपका हिसाब कमजोर था, वरना आपकी समझ में इतनी बात जरूर आ जाती कि जब अक्ल और जिस्म में 1 और 10 की निस्बत है, तो जितना ही मोटा आदमी होगा, उतना ही उसकी अक्ल का वजन भी ज्यादा होगा।

राजा साहब—इससे यह साबित हुआ कि जितना ही मोटा आदमी, उतनी ही मोटी उसकी अक्ल।

मोटेराम—जब मोटी अक्ल की बदौलत राज-दरबार में पूछ होती है, तो मुझे पतली अक्ल लेकर क्या करना है!

हास-परिहास के बाद राजा साहब ने वर्तमान समस्या पंडितजी के सामने उपस्थित की और उसके निवारण का जो उपाय सोचा था, वह भी प्रकट किया! बोले—बस, यह समझ लीजिए कि इस साल आपका भविष्य पूर्णतया अपने हाथों में है। शायद किसी आदमी को अपने भाग्य-निर्णय का ऐसा महत्त्वपूर्ण अवसर न मिला होगा। हड़ताल न हुई, तो और तो कुछ नहीं कह सकते, आपको जीवन-भर किसी के दरवाजे जाने की जरूरत न होगी। बस, ऐसा कोई व्रत ठानिए कि शहर वाले थर्रा उठें। कांग्रेस वालों ने धर्म की आड़ लेकर इनकी शक्ति बढ़ाई है। बस, ऐसी कोई युक्ति निकालिए कि जनता के धार्मिक भावों को चोट पहुंचे।

मोटेराम ने गम्भीर भाव से उत्तर दिया—यह तो कोई ऐसा कठिन काम नहीं है। मैं तो ऐसे-ऐसे अनुष्ठान कर सकता हूं कि आकाश से जल की वर्षा करा

दूं; मरी के प्रकोप को भी शान्त कर दूं, अन्न का भाव घटा–बढ़ा दूं। कांग्रेस वालों को परास्त कर देना तो कोई बड़ी बात नहीं। अंग्रेजी पढ़े–लिखे महानुभाव समझते हैं कि जो काम हम कर सकते हैं, वह कोई नहीं कर सकता। पर गुप्त विद्याओं का उन्हें ज्ञान ही नहीं।

खां साहब—तब तो जनाब, यह कहना चाहिए कि आप दूसरे खुदा हैं। हमें क्या मालूम था कि आप में कुदरत है; नहीं तो इतने दिनों तक क्यों परेशान होते?

मोटेराम—साहब, मैं गुप्त–धन का पता लगा सकता हूं, पितरों को बुला सकता हूं, केवल गुण–ग्राहक चाहिए। संसार में गुणियों का अभाव नहीं, गुणज्ञों का ही अभाव है—गुन ना हिरानो, गुनगाहक हिरानो है।

राजा—भला, इस अनुष्ठान के लिए आपको क्या भेंट करना होगा?

मोटेराम—जो कुछ आपकी श्रद्धा हो।

राजा—कुछ बतला सकते हैं कि यह कौन–सा अनुष्ठान होगा?

मोटेराम—अनशन–व्रत के साथ मन्त्रों का जप होगा। सारे शहर में हलचल न मचा दूं तो मोटेराम नाम नहीं!

राजा—तो फिर कब से?

मोटेराम—आज ही हो सकता है। हां, पहले देवताओं के आवाहन के निमित्त थोड़े से रुपये दिला दीजिए।

रुपये की कमी ही क्या थी? पंडितजी को रुपये मिल गए और वह खुश–खुश घर आये। धर्मपत्नी से सारा समाचार कहा। उसने चिन्तित होकर कहा—तुमने नाहक यह रोग अपने सिर लिया! भूख न बरदाश्त हुई, तो? सारे शहर में भद्द हो जायगी, लोग हंसी उड़ावेंगे। रुपये लौटा दो।

मोटेराम ने आश्वासन देते हुए कहा—भूख कैसे न बरदाश्त होगी? मैं ऐसा मूर्ख थोड़े ही हूं कि यों ही जा बैठूंगा। पहले मेरे भोजन का प्रबन्ध करो। अमृतियां, लड्डू, रसगुल्ले मंगाओ। पेट–भर भोजन कर लूं। फिर आध सेर मलाई खाऊंगा, उसके ऊपर आध सेर बादाम की तह जमाऊंगा। बची–खुची कसर मलाईवाले दही से पूरी कर दूंगा। फिर देखूंगा, भूख क्योंकर पास फटकती है? तीन दिन तक तो सांस ही न ली जायगी, भूख की कौन चलावे। इतने में तो सारे शहर में खलबली मच जायगी। भाग्य–सूर्य उदय हुआ है, इस समय आगा–पीछा करने से पछताना पड़ेगा। बाजार न बन्द हुआ, तो समझ लो मालामाल हो जाऊंगा; नहीं तो यहां गांठ से क्या जाता है! सौ रुपये तो हाथ लग ही गए।

इधर तो भोजन का प्रबन्ध हुआ, उधर पंडित मोटेराम ने डौंड़ी पिटवा दी कि संध्या–समय टाउनहाल के मैदान में पंडित मोटेराम देश की राजनीतिक समस्या पर व्याख्यान देंगे, लोग अवश्य आएं। पंडितजी सदैव राजनीतिक विषयों से अलग रहते थे। आज वह इस विषय पर कुछ बोलेंगे, सुनना चाहिए। लोगों को

उत्सुकता हुई। पंडितजी का शहर में बड़ा मान था। नियत समय पर कई हजार आदमियों की भीड़ लग गई। पंडितजी घर से अच्छी तरह तैयार होकर पहुंचे। पेट इतना भरा था कि चलना कठिन था। ज्यों ही यह वहां पहुंचे, दर्शकों ने खड़े होकर इन्हें साष्टांग दंडवत्-प्रणाम किया।

मोटेराम बोले—नगरवासियो, व्यापारियो, सेठो और महाजनो! मैंने सुना है, तुम लोगों ने कांग्रेस वालों के कहने में आकर बड़े लाट साहब के शुभागमन के अवसर पर हड़ताल करने का निश्चय किया है। यह कितनी बड़ी कृतघ्नता है? वह चाहें, तो आज तुम लोगों को तोप के मुंह पर उड़वा दें, सारे शहर को खुदवा डालें। राजा हैं, हंसी-ठट्ठा नहीं। वह तरह देते जाते हैं, तुम्हारी दीनता पर दया करते हैं और तुम गउओं की तरह हत्या के बल खेत चरने को तैयार हो! लाट साहब चाहें तो आज रेल बन्द कर दें। डाक बन्द कर दें, माल का आना-जाना बन्द कर दें। तब बताओ, क्या करोगे? वह चाहें तो आज सारे शहर वालों को जेल में डाल दें, बताओ, क्या करोगे? तुम उनसे भागकर कहां जा सकते हो? है कहीं ठिकाना? इसलिए जब इस देश में और उन्हीं के अधीन रहना है, तो इतना उपद्रव क्यों मचाते हो? याद रखो, तुम्हारी जान उनकी मुट्ठी में है! ताऊन के कीड़े फैला दें, तो सारे नगर में हाहाकार मच जाय। तुम झाड़ू से आंधी को रोकने चले हो? खबरदार, जो किसी ने बाजार बन्द किया; नहीं तो कहे देता हूं, यहीं अन्न-जल बिना प्राण दे दूंगा।

एक आदमी ने शंका की—महाराज, आपके प्राण निकलते-निकलते महीने भर से कम न लगेगा। तीन दिनों में क्या होगा?

मोटेराम ने गरजकर कहा—प्राण शरीर में नहीं रहता, ब्रह्मांड में रहता है। मैं चाहूं तो योगबल से अभी प्राण त्याग कर सकता हूं। मैंने तुम्हें चेतावनी दे दी, अब तुम जानो, तुम्हारा काम जाने। मेरा कहना मानोगे, तो तुम्हारा कल्याण होगा। न मानोगे, हत्या लगेगी, संसार में कहीं मुंह न दिखला सकोगे। बस, यह लो, मैं यहीं आसन जमाता हूं।

शहर में यह समाचार फैला, तो लोगों के होश उड़ गए। अधिकारियों की इस नई चाल ने उन्हें हत्बुद्धि सा कर दिया। कांग्रेस के कर्मचारी तो अब भी कहते थे कि यह सब पाखंड है। राजभक्तों ने पंडित को कुछ दे-दिलाकर यह स्वांग खड़ा किया है। जब और कोई बस न चला, फौज, पुलिस, कानून सभी युक्तियों से हार गए, तो यह नई माया रची है। यह और कुछ नहीं, राजनीति का दिवाला है। नहीं पंडितजी ऐसे कहां के देश-सेवक थे, जो देश की दशा से दुःखी होकर व्रत ठानते? इन्हें भूखों मरने दो, दो दिन में बोल जाएंगे। इस नई चाल की जड़ अभी से काट देनी चाहिए! कहीं यह चाल सफल हो गई, तो समझ लो,

अधिकारियों के हाथ में एक नया अस्त्र आ जायेगा और वह सदैव इसका प्रयोग करेंगे। जनता इतनी समझदार तो है नहीं कि इन रहस्यों को समझे। गीदड़-भभकी में आ जायगी।

लेकिन नगर के बनिये-महाजन, जो प्रायः धर्म-भीरु होते हैं, ऐसे घबरा गए कि उन पर इन बातों का कुछ असर ही न होता था। वे कहते थे—साहब, आप लोगों के कहने से सरकार से बुरे बने, नुकसान उठाने को तैयार हुए, रोजगार छोड़ा, कितनों के दिवाले हो गए, अफसरों को मुंह दिखाने लायक नहीं रहे। पहले जाते थे, अधिकारी लोग 'आइए सेठजी' कहकर सम्मान करते थे; अब रेलगाड़ियों में धक्के खाते हैं, पर कोई नहीं सुनता; आमदनी चाहे कुछ हो या न हो, बहियों की तौल देखकर कर (टैक्स) बढ़ा दिया जाता है। यह सब सहा, और सहेंगे, लेकिन धर्म के मामले में हम आप लोगों का नेतृत्व नहीं स्वीकार कर सकते। जब एक विद्वान्, कुलीन, धर्मनिष्ठ ब्राह्मण हमारे ऊपर अन्न-जल त्याग कर रहा है, तब हम क्योंकर भोजन करके टांगें फैलाकर सोएं? कहीं मर गया, तो भगवान् के सामने क्या जवाब देंगे?

सारांश यह कि कांग्रेस वालों की एक न चली। व्यापारियों का एक डेपुटेशन 9 बजे रात को पंडितजी की सेवा में उपस्थित हुआ। पंडितजी ने आज भोजन तो खूब डटकर किया था, लेकिन डटकर भोजन करना उनके लिए कोई असाधारण बात न थी। महीने में प्रायः 20 दिन वह अवश्य ही न्योता पाते थे और निमंत्रण में डटकर भोजन करना एक स्वाभाविक बात है। अपने सहभोजियों की देखा-देखी, लाग-डांट की धुन में, या गृह-स्वामी के सविनय आग्रह से और सबसे बढ़कर पदार्थों की उत्कृष्टता के कारण, भोजन मात्रा से अधिक हो ही जाता है। पंडितजी की जठराग्नि ऐसी परीक्षाओं में उत्तीर्ण होती रहती थी। अतएव इस समय भोजन का समय आ जाने से उनकी नीयत कुछ डांवाडोल हो रही थी। यह बात नहीं कि वह भूख से व्याकुल थे। लेकिन भोजन का समय आ जाने पर अगर पेट अफरा हुआ न हो, अजीर्ण न हो गया हो, तो मन में एक प्रकार की भोजन की चाह होने लगती है।

शास्त्रीजी की इस समय यही दशा हो रही थी। जी चाहता था, किसी खोंचे वाले को पुकारकर कुछ ले लेते, किन्तु अधिकारियों ने उनकी शरीर-रक्षा के लिए वहां कई सिपाहियों को तैनात कर दिया था। वे सब हटने का नाम न लेते थे। पंडितजी की विशाल बुद्धि इस समय यही समस्या हल कर रही थी कि इन यमदूतों को कैसे टालूं? खामख्वाह इन पाजियों को यहां खड़ा कर दिया! मैं कोई कैदी तो हूं नहीं कि भाग जाऊंगा।

अधिकारियों ने शायद वह व्यवस्था इसलिए कर रखी थी कि कांग्रेस वाले जबरदस्ती पंडितजी को वहां से भगाने की चेष्टा न कर सकें। कौन जाने, वे क्या

चाल चलें। ऐसे अनुचित और अपमानजनक व्यवहारों से पंडितजी की रक्षा करना अधिकारियों का कर्तव्य था।

वह अभी इस चिन्ता में थे कि व्यापारियों का डेपुटेशन आ पहुंचा। पंडितजी कुहनियों के बल लेटे हुए थे, संभल बैठे। नेताओं ने उनके चरण छूकर कहा—महाराज, हमारे ऊपर आपने क्यों यह कोप किया है? आपकी जो आज्ञा हो, वह हम शिरोधार्य करें। आप उठिए, अन्न-जल ग्रहण कीजिए। हमें नहीं मालूम था कि आप सचमुच यह व्रत ठानने वाले हैं; नहीं तो हम पहले ही आपसे विनती करते। आप कृपा कीजिए, दस बजने का समय है। हम आपका वचन कभी न टालेंगे।

मोटेराम—ये कांग्रेस वाले तुम्हें मटियामेट करके छोड़ेंगे! आप तो डूबते ही हैं; तुम्हें भी अपने साथ ले डूबेंगे! बाजार बन्द रहेगा, तो इससे तुम्हारा ही टोटा होगा; सरकार को क्या? तुम नौकरी छोड़ दोगे, आप भूखों मरोगे; सरकार को क्या? तुम जेल जाओगे, आप चक्की पीसोगे; सरकार को क्या? न जाने इन सबको क्या सनक सवार हो गई है कि अपनी नाक काटकर दूसरों का असगुन मनाते हैं। तुम इन कुपन्थियों के कहने में न आओ। क्यों दुकानें खुली रखोगे?

सेठ—महाराज, जब तक शहर-भर के आदमियों की पंचायत न हो जाय, तब तक हम इसका बीमा कैसे ले सकते हैं! कांग्रेस वालों ने कहीं लूट मचवा दी, तो कौन हमारी मदद करेगा? आप उठिए, भोजन पाइए, हम कल पंचायत करके आपकी सेवा में जैसा कुछ होगा, हाल देंगे।

मोटेराम—तो फिर पंचायत करके आना।

डेपुटेशन जब निराश होकर लौटने लगा, तो पंडितजी ने कहा—किसी के पास सुंघनी तो नहीं है?

एक महाशय ने डिबिया निकाल कर दे दी।

लोगों के जाने के बाद मोटेराम ने पुलिस वालों से पूछा—तुम यहां क्यों खड़े हो?

सिपाहियों ने कहा—साहब का हुक्म है, क्या करें?

मोटेराम—यहां से चले जाओ।

सिपाही—आपके कहने से चले जाएं? कल नौकरी छूट जायगी, तो आप खाने को देंगे?

मोटेराम—हम कहते हैं, चले जाओ; नहीं तो हम ही यहां से चले जायेंगे। हम कोई कैदी हैं, जो तुम घेरे खड़े हो?

सिपाही—चले क्या जाइएगा, मजाल है।

मोटेराम—मजाल क्यों नहीं बे! कोई जुर्म किया है?

सिपाही—अच्छा, जाओ तो देखें?

पंडितजी ब्रह्मतेज में आकर उठे और एक सिपाही को इतनी जोर से धक्का दिया कि वह कई कदम पर जा गिरा। दूसरे सिपाहियों की हिम्मत छूट गई। पंडितजी को उन सबने थल-थल समझ लिया था, पराक्रम देखा, तो चुपके से सटक गये।

मोटेराम अब लगे इधर-उधर नजरें दौड़ाने कि कोई खोंचे वाला नजर आ जाय, उससे कुछ लें। किन्तु ध्यान आ गया, कहीं उसने किसी से कह दिया, तो लोग तालियां बजाने लगेंगे। नहीं, ऐसी चतुराई से काम करना चाहिए कि किसी को कानोंकान खबर न हो। ऐसे ही संकटों में तो बुद्धिबल का परिचय मिलता है। एक क्षण में उन्होंने इस कठिन प्रश्न को हल कर लिया।

दैवयोग से उसी समय एक खोंचे वाला जाता दिखाई दिया। 11 बज चुके थे, चारों तरफ सन्नाटा छा गया था। पंडितजी ने बुलाया—खोंचे वाले, ओ खोंचे वाले!

खोंचे वाला—कहिए क्या दूं? भूख लग आयी न? अन्न-जल छोड़ना साधुओं का काम है, हमारा आपका नहीं।

मोटेराम—अबे क्या कहता है? यहां क्या किसी साधु से कम हैं? चाहें, तो महीनों पड़े रहें और भूख-प्यास न लगे। तुझे तो केवल इसलिए बुलाया है कि जरा अपनी कुप्पी मुझे दे। देखूं तो वहां क्या रेंग रहा है। मुझे भय होता है कि सांप न हो।

खोंचे वाले ने कुप्पी उतार कर दे दी। पंडितजी उसे लेकर इधर-उधर जमीन पर कुछ खोजने लगे। इतने में कुप्पी उनके हाथ से छूटकर गिर पड़ी और बुझ गई। सारा तेल बह गया। पंडितजी ने उसमें एक ठोकर और लगायी कि बचा-खुचा तेल भी बह जाय।

खोंचे वाला—(कुप्पी को हिलाकर) महाराज, इसमें तो जरा भी तेल नहीं बचा। अब तक चार पैसे का सौदा बेचता, आपने यह खटराग बढ़ा दिया।

मोटेराम—भैया, हाथ ही तो है, छूट गिरी, तो अब क्या हाथ काट डालूं? यह लो पैसे, जाकर कहीं से तेल भरा लो।

खोंचे वाला—(पैसे लेकर) तो अब तेल भरवाकर मैं यहां थोड़े ही आऊंगा।

मोटेराम—खोंचा रखे जाओ, लपककर थोड़ा तेल ले लो; नहीं मुझे कोई सांप काट लेगा तो तुम्हीं पर हत्या पड़ेगी। कोई जानवर है जरूर। देखो, वह रेंगता है। गायब हो गया। दौड़ जाओ पट्ठे, तेल लेते आओ, मैं तुम्हारा खोंचा देखता रहूंगा। डरते हो तो अपने रुपये-पैसे लेते जाओ।

खोंचे वाला बड़े धर्मसंकट में पड़ा। खोंचे से पैसे निकालता है तो भय है कि पंडितजी अपने दिल में बुरा न मानें। सोचें, मुझे बेईमान समझ रहा है। छोड़कर जाता है तो कौन जाने, इनकी नीयत क्या हो। किसी की नीयत सदा ठीक नहीं रहती। अंत को उसने यही निश्चय किया कि खोंचा यहीं छोड़ दूं, जो कुछ

तकदीर में होगा, वह होगा। वह उधर बाजार की तरफ चला, इधर पंडितजी ने खोंचे पर निगाह दौड़ाई, तो बहुत हताश हुए। मिठाई बहुत कम बच रही थी। पांच-छः चीजें थीं, मगर किसी में दो अदद से ज्यादा निकालने की गुंजाइश न थी। भंडा फूट जाने का खटका था। पंडितजी ने सोचा—इतने से क्या होगा? केवल क्षुधा और प्रबल हो जायगी, शेर के मुंह खून लग जायेगा! गुनाह बेलज्जत है। अपनी जगह पर जा बैठे। लेकिन दम-भर के बाद प्यास ने फिर जोर किया। सोचा, कुछ तो ढारस हो ही जायेगा। आहार कितना ही सूक्ष्म हो, फिर भी आहार ही है। उठे, मिठाई निकाली; पर पहला ही लड्डू मुंह में रखा था कि देखा, खोंचे वाला तेल की कुप्पी जलाए कदम बढ़ाता चला आ रहा है। उसके पहुंचने के पहले मिठाई का समाप्त हो जाना अनिवार्य था। एक साथ दो चीजें मुंह में रखीं। अभी चुबला ही रहे थे कि वह निशाचर दस कदम और आगे बढ़ आया। एक साथ चार चीजें मुंह में डालीं और अधकुचली ही निगल गए। अभी छः अदद और थीं, और खोंचे वाला फाटक तक आ चुका था। सारी की सारी मिठाई मुंह में डाल ली। अब न चबाते बनता है, न उगलते। वह शैतान मोटरकार की तरह कुप्पी चमकाता हुआ चला ही आता था। जब वह बिलकुल सामने आ गया, तो पंडित जी ने जल्दी से सारी मिठाई निगल ली। मगर आखिर आदमी ही थे, कोई मगर तो थे नहीं; आंखों में पानी भर आया, गला फंस गया, शरीर में रोमांच हो आया, जोर से खांसने लगे। खोंचे वाले ने तेल की कुप्पी बढ़ाते हुए कहा—यह लीजिए, देख लीजिए, चले तो हैं आप उपवास करने, पर प्राणों का इतना डर है। आपको क्या चिन्ता, प्राण भी निकल जायेंगे, तो सरकार बाल-बच्चों की परवस्ती करेगी।

पंडित जी को क्रोध तो ऐसा आया कि इस पाजी को खरी-खरी सुनाऊं, लेकिन गले से आवाज न निकली। कुप्पी चुपके से ले ली और झूठ-मूठ इधर-उधर देखकर लौटा दी।

खोंचे वाला—आपको क्या पड़ी, जो चले सरकार का पच्छ करने? कहीं कल दिन-भर पंचायत होगी, तो रात तक कुछ तय होगा। तब तक तो आपकी आंखों में तितलियां उड़ने लगेंगी।

यह कहकर वह चला गया और पंडितजी भी थोड़ी देर तक खांसने के बाद सो रहे।

दूसरे दिन सवेरे ही से व्यापारियों ने मिसकौट करनी शुरू की। उधर कांग्रेस वालों में भी हलचल मची। अमन-सभा के अधिकारियों ने भी कान खड़े किए। यह तो इन भोले-भाले बनियों को धमकाने की अच्छी तरकीब हाथ आयी। पंडित-समाज ने अलग एक सभा की और उसमें यह निश्चय किया कि पंडित मोटेराम को राजनीतिक मामलों में पड़ने का कोई अधिकार नहीं। हमारा राजनीति

से क्या सम्बन्ध? गरज सारा दिन इसी वाद-विवाद में कट गया और किसी ने पंडितजी की खबर न ली। लोग खुल्लमखुल्ला कहते थे कि पंडितजी ने एक हजार रुपये सरकार से लेकर यह अनुष्ठान किया है।

बेचारे पंडितजी ने रात तो लोट-पोटकर काटी, पर उठे तो शरीर मुरदा-सा जान पड़ता था। खड़े होते थे, तो आंखें तिलमिलाने लगती थीं, सिर में चक्कर आ जाता था। पेट में जैसे कोई बैठा हुआ कुरेद रहा हो। सड़क की तरफ आंखें लगी हुई थीं कि लोग मनाने तो नहीं आ रहे हैं। सन्ध्योपासना का समय इसी प्रतीक्षा में गया। इस समय पूजन के पश्चात् नित्य नाश्ता किया करते थे। आज अभी मुंह में पानी भी न गया था। न जाने वह शुभ घड़ी कब आएगी? फिर पंडिताइन पर बड़ा क्रोध आने लगा। आप तो रात को भर-पेट खाकर सोयी होंगी, इस वक्त भी जलपान कर ही चुकी होंगी, पर इधर भूलकर भी न झांका कि मरे या जीते हैं। कुछ बात करने ही के बहाने से क्या थोड़ा-सा मोहनभोग बनाकर न ला सकती थीं? पर किसे इतनी चिन्ता है? रुपये लेकर रख लिये, फिर जो कुछ मिलेगा, वह भी रख लेंगी। मुझे अच्छा उल्लू बनाया।

किस्सा-कोताह पंडितजी ने दिन-भर इन्तजार किया; पर कोई मनाने वाला नजर न आया। लोगों के दिल में जो यह सन्देह पैदा हुआ था कि पंडित जी ने कुछ ले-देकर यह स्वांग रचा है, स्वार्थ के वशीभूत होकर यह पाखंड खड़ा किया है, वही उनको मनाने में बाधक होता था।

रात के नौ बज गए थे। सेठ भोंदूमल ने, जो व्यापारी-समाज के नेता थे, निश्चयात्मक भाव से कहा—मान लिया, पंडितजी ने स्वार्थवश ही यह अनुष्ठान किया है; पर इससे वह कष्ट तो कम नहीं हो सकता, जो अन्न-जल के बिना प्राणी-मात्र को होता है। यह धर्म-विरुद्ध है कि एक ब्राह्मण हमारे ऊपर दाना-पानी त्याग दे और हम पेट भर-भर कर चैन की नींद सोएं। अगर उन्होंने धर्म के विरुद्ध आचरण किया है, तो उसका दंड उन्हें भोगना पड़ेगा। हम क्यों अपने क़र्तव्य से मुंह फेरें?

कांग्रेस के मन्त्री ने दबी हुई आवाज से कहा—मुझे तो जो कुछ कहना था, वह मैं कह चुका। आप लोग समाज के अगुआ हैं, जो फैसला कीजिए, हमें मंजूर है। चलिए, मैं भी आपके साथ चलूंगा। धर्म का कुछ अंश मुझे भी मिल जायेगा; पर एक विनती सुन लीजिए—आप लोग पहले मुझे वहां जाने दीजिए। मैं एकान्त में उनसे दस मिनट बातें करना चाहता हूं। आप लोग फाटक पर खड़े रहिएगा। जब मैं वहां से लौट आऊं तो फिर जाइएगा। इसमें किसी को क्या आपत्ति हो सकती थी? प्रार्थना स्वीकृत हो गई।

मन्त्रीजी पुलिस-विभाग में बहुत दिनों तक रह चुके थे, मानव-चरित्र की कमजोरियों को जानते थे। वह सीधे बाजार गये और 5 रु. की मिठाई ली। उसमें

मात्रा से अधिक सुगन्ध डालने का प्रयत्न किया, चांदी के वरक लगवाए और एक दोने में लिये रूठे हुए ब्रह्मदेव की पूजा करने चले। एक झज्झर में ठंडा पानी लिया और उसमें केवड़े का जल मिलाया। दोनों ही चीजों से खुशबू की लपटें उड़ रही थीं। सुगन्ध में कितनी उत्तेजित शक्ति है, कौन नहीं जानता? इससे बिना भूख की भूख लग जाती है, भूखे आदमी की तो बात ही क्या?

पंडितजी इस समय भूमि पर अचेत पड़े हुए थे। रात को कुछ नहीं मिला। दस-पांच छोटी-छोटी मिठाइयों का क्या जिक्र! दोपहर को कुछ नहीं मिला। और इस वक्त भी भोजन की बेला टल गई थी। भूख में अब आशा की व्याकुलता नहीं, निराशा की शिथिलता थी। सारे अंग ढीले पड़ गए थे। यहां तक कि आंखें भी न खुलती थीं। उन्हें खोलने की बार-बार चेष्टा करते; पर वे आप-ही-आप बन्द हो जातीं। ओंठ सूख गए थे। जिन्दगी का कोई चिह्न था, तो बस, उनका धीरे-धीरे कराहना। ऐसा संकट उनके ऊपर कभी न पड़ा था।

अजीर्ण की शिकायत तो उन्हें महीने में दो-चार बार हो जाती थी, जिसे वह हड़ आदि की फंकियों से शान्त कर लिया करते थे; पर अजीर्णावस्था में ऐसा कभी न हुआ था कि उन्होंने भोजन छोड़ दिया हो। नगर-निवासियों को, अमन-सभा को, सरकार को, ईश्वर को, कांग्रेस को और धर्मपत्नी को जी-भरकर कोस चुके थे। अब इतनी शक्ति भी न रही थी कि स्वयं खड़े होकर बाजार जा सकें। निश्चय हो गया था कि आज रात को अवश्य प्राण-पखेरू उड़ जायेंगे। जीवन-सूत्र कोई रस्सी तो है ही नहीं कि चाहे जितने झटके दो, टूटने का नाम न ले!

मन्त्री जी ने पुकारा—शास्त्री जी!

मोटेराम ने पड़े-पड़े आंखें खोल दीं। उनमें ऐसी करुण वेदना भरी हुई थी, जैसे किसी बालक के हाथ से कौआ मिठाई छीन ले गया हो।

मन्त्रीजी ने दोने की मिठाई सामने रख दी और झज्झर को कुल्हड़ पर औंधा रख दिया। इस काम से सुचित होकर बोले—यहां कब तक पड़े रहिएगा?

सुगन्ध ने पंडितजी की इन्द्रियों पर संजीवनी का काम किया। पंडितजी उठ बैठे और बोले—देखो, कब तक निश्चय होता है।

मन्त्री—यहां कुछ निश्चय-विश्चय न होगा। आज दिन-भर पंचायत हुई थी, कुछ तय न हुआ। कल कहीं शाम को लाट साहब आएंगे। तब तक तो आपकी न जाने क्या दशा होगी! आपका चेहरा बिलकुल पीला पड़ गया है?

मोटेराम—यहीं मरना बदा होगा, तो कौन टाल सकता है? इस दोने में कलाकन्द है क्या?

मन्त्री—हां, तरह-तरह की मिठाइयां हैं। एक नातेदार के यहां बैना भेजने के लिए विशेष रीति से बनवायी हैं।

मोटेराम—जभी इनमें इतनी सुगन्ध है। जरा दोना खोलिए तो?

मन्त्री जी ने मुस्कराकर दोना खोल दिया और पंडितजी नेत्रों से मिठाइयां खाने

लगे। अन्धा आंखें पाकर भी संसार को ऐसे तृष्णापूर्ण नेत्रों से न देखेगा। मुंह में पानी भर आया। मन्त्रीजी ने कहा—आपका व्रत न होता, तो दो-चार मिठाइयां आपको चखाता। 5 रु. सेर के दाम दिये हैं।

मोटेराम—तब तो बहुत ही श्रेष्ठ होंगी। मैंने बहुत दिन हुए कलाकन्द नहीं खाया।

मन्त्री—आपने भी तो बैठे-बैठाए झंझट मोल ले लिया। प्राण ही न रहेंगे, तो धन किस काम आएगा?

मोटेराम—क्या करूं, फंस गया। मैं इतनी मिठाइयों का जलपान कर जाता था! (हाथ से मिठाइयों को टटोलकर) भोला की दूकान की होंगी?

मन्त्री—चखिए दो-चार?

मोटेराम—क्या चखूं, धर्म संकट में पड़ा हूं।

मन्त्री—अजी चखिए भी! इस समय जो आनन्द प्राप्त होगा, वह लाख रुपये में भी नहीं मिल सकता। कोई किसी से कहने जाता है क्या?

मोटेराम—मुझे भय किसका है? मैं यहां दाना-पानी बिना मर रहा हूं, और किसी को परवा ही नहीं। तो फिर मुझे क्या डर? लाओ, इधर दोना बढ़ाओ। जाओ, सबसे कह देना, शास्त्रीजी ने व्रत तोड़ दिया। भाड़ में जाय बाजार और व्यापार! यहां किसी की चिन्ता नहीं। जब धर्म नहीं रहा, तो मैंने ही धर्म का बीड़ा थोड़े ही उठाया है!

यह कहकर पंडितजी ने दोना अपनी तरफ खींच लिया और लगे बढ़-बढ़कर हाथ मारने। यहां तक कि पल-भर में आधा दोना समाप्त हो गया। सेठ लोग आकर फाटक पर खड़े थे। मन्त्री ने जाकर कहा—जरा चलकर तमाशा देखिए। आप लोगों को न बाजार खोलना पड़ेगा; न खुशामद करनी पड़ेगी। मैंने सारी समस्याएं हल कर दीं। यह कांग्रेस का प्रताप है।

चांदनी छिटकी हुई थी। लोगों ने आकर देखा, पंडितजी मिठाई ठिकाने लगाने में वैसे ही तन्मय हो रहे हैं, जैसे कोई महात्मा समाधि में मग्न हो।

भोंदूमल ने कहा—पंडितजी के चरण छूता हूं। हम लोग तो आ ही रहे थे, आपने क्यों जल्दी की? ऐसी जुगुत बताते कि आपकी प्रतिज्ञा भी न टूटती और कार्य भी सिद्ध हो जाता।

मोटेराम—मेरा काम सिद्ध हो गया। यह अलौकिक आनन्द है, जो धन के ढेरों से नहीं प्राप्त हो सकता। अगर कुछ श्रद्धा हो, तो इसी दुकान की इतनी ही मिठाई और मंगवा दो।

(हम यह कहा भूल गये कि मंत्रीजी को मिठाई लेकर मैदान में आते समय पुलिस के सिपाही को 4 आने पैसे देने पड़े थे। यह नियम-विरुद्ध था; लेकिन मंत्रीजी ने इस बात पर अड़ना उचित न समझा।—लेखक)

●●●

स्वर्ग की देवी

भाग्य की बात! शादी-विवाह में आदमी का क्या अख्तियार! जिससे ईश्वर ने या उनके नायबों—ब्राह्मणों—ने तय कर दी, उससे हो गयी। बाबू भारतदास ने लीला के लिए सुयोग्य वर खोजने में कोई बात उठा नहीं रखी। लेकिन जैसा घर-वर चाहते थे, वैसा न पा सके। वह लड़की को सुखी देखना चाहते थे, जैसा हर एक पिता का धर्म है; किंतु इसके लिए उनकी समझ में सम्पत्ति ही सबसे जरूरी चीज़ थी। चरित्र या शिक्षा का स्थान गौण था। चरित्र तो किसी के माथे पर लिखा नहीं रहता और शिक्षा का आजकल के ज़माने में मूल्य ही क्या? हां, सम्पत्ति के साथ शिक्षा भी हो तो क्या पूछना! ऐसा घर उन्होंने बहुत ढूंढ़ा, पर न मिला। ऐसे घर हैं ही कितने जहां दोनों पदार्थ मिलें? दो-चार मिले तो अपनी बिरादरी के न थे। बिरादरी भी मिली, तो ज़ायजा न मिला; ज़ायजा भी मिला तो शर्तें तय न हो सकीं। इस तरह मजबूर होकर भारतदास को लीला का विवाह लाला सन्तसरन के लड़के सीतासरन से करना पड़ा। अपने बाप का इकलौता बेटा था, थोड़ी-बहुत शिक्षा भी पायी थी, बातचीत सलीक़े से करता था, मामले-मुकदमे समझता था और ज़रा दिल का रंगीला भी था। सबसे बड़ी बात यह थी कि रूपवान, बलिष्ठ, प्रसन्नमुख, साहसी आदमी था; मगर विचार वही बाबा आदम के ज़माने के थे। पुरानी जितनी बातें हैं, सब अच्छी; नयी जितनी बातें हैं, सब खराब। जायदाद के विषय में जमींदार साहब नये-नये दफों का व्यवहार करते थे, वहां अपना कोई अख्तियार न था; लेकिन सामाजिक प्रथाओं के कट्टर पक्षपाती थे। सीतासरन अपने बाप को जो करते या कहते देखता वही खुद भी कहता और करता था। उसमें खुद सोचने की शक्ति ही न थी। बुद्धि की मंदता बहुधा सामाजिक अनुदारता के रूप में प्रकट होती है।

लीला ने जिस दिन घर में पांव रखा उसी दिन उसकी परीक्षा शुरू हुई। वे सभी काम, जिनकी उसके घर में तारीफ होती थी वहां वर्जित थे। उसे बचपन से ताजी हवा पर जान देना सिखाया गया था, यहां उसके सामने मुंह खोलना भी पाप था। बचपन से सिखाया गया था, रोशनी ही जीवन है, यहां रोशनी के दर्शन भी दुर्लभ थे। घर पर अहिंसा, क्षमा और दया ईश्वरीय गुण बताये गये थे, यहां

इसका नाम लेने की भी स्वाधीनता न थी। संतसरन बड़े तीखे, गुस्सेवर आदमी थे, नाक पर मक्खी न बैठने देते। धूर्तता और छल-कपट से ही उन्होंने जायदाद पैदा की थी और उसी को सफल जीवन का मंत्र समझते थे। उनकी पत्नी उनसे भी दो अंगुल ऊंची थी। मजाल क्या कि बहू अपनी अंधेरी कोठरी के द्वार पर खड़ी हो जाय, या कभी छत पर टहल सके। प्रलय आ जाता, आसमान सिर पर उठा लेतीं। उन्हें बकने का मर्ज़ था। दाल में नमक का ज़रा तेज हो जाना उन्हें दिन-भर बकने के लिए काफी बहाना था। मोटी-ताज़ी महिला थीं, छींट का घाघरेदार लहंगा पहने, पानदान बगल में रखे गहनों से लदी हुई, सारे दिन बरोठे में माची पर बैठी रहती थीं। क्या मजाल कि घर में उनकी इच्छा के विरुद्ध एक पत्ता भी हिल जाय! बहू की नयी-नयी आदतें देख-देख जला करती थीं। अब काहे को आबरू रहेगी। मुंडेर पर खड़ी होकर झांकती हैं। मेरी लड़की ऐसा दीदा-दिलेर होती तो गला घोंट देती। न जाने इसके देश में कौन लोग बसते हैं! गहने नहीं पहनती। जब देखो नंगी-बुच्ची बनी बैठी रहती। यह भी कोई अच्छे लच्छन हैं। लीला के पीछे सीतासरन पर भी फटकार पड़ती। तुझे भी चांदनी में सोना अच्छा लगता है, क्यों? तू भी अपने को मर्द कहेगा? वह मर्द कैसा कि औरत उसके कहने में न रहे। दिन-भर घर में घुसा रहता है। मुंह में ज़बान नहीं है? समझाता क्यों नहीं?

सीतासरन कहता—अम्मां, जब कोई मेरे समझाने से माने तब तो?

मां—मानेगी क्यों नहीं, तू मर्द है कि नहीं? मर्द वह चाहिए कि कड़ी निगाह से देखे तो औरत कांप उठे।

सीतासरन—तुम तो समझाती ही रहती हो।

मां—मेरी उसे क्या परवा? समझती होगी, बुढ़िया चार दिन में मर जायेगी, तब मैं मालिकन हो ही जाऊंगी।

सीतासरन—तो मैं भी तो उसकी बातों का जवाब नहीं दे पाता। देखती नहीं हो कितनी दुर्बल हो गयी है। वह रंग ही नहीं रहा। उस कोठरी में पड़े-पड़े उसकी दशा बिगड़ती जाती है।

बेटे के मुंह से ऐसी बातें सुन माता आग हो जाती और सारे दिन जलती; कभी भाग्य को कोसती, कभी समय को।

सीतासरन माता के सामने तो ऐसी बातें करता; लेकिन लीला के सामने जाते ही उसकी मति बदल जाती थी। वह वही बातें करता जो लीला को अच्छी लगतीं। यहां तक कि दोनों वृद्धा की हंसी उड़ाते। लीला को इसमें और कोई सुख न था। वह सारे दिन कुढ़ती रहती। कभी चूल्हे के सामने न बैठी थी; पर यहां पसेरियों आटा थोपना पड़ता, मजूरों और टहलुओं के लिए भी रोटियां पकानी पड़तीं। कभी-कभी वह चूल्हे के सामने बैठी घंटों रोती। यह बात न थी कि यह

लोग कोई महाराज–रसोइयां न रख सकते हों, पर घर की पुरानी प्रथा यही थी कि बहू खाना पकाये और उस प्रथा का निभाना जरूरी था। सीतासरन को देखकर लीला का संतप्त हृदय एक क्षण के लिए शान्त हो जाता था।

गर्मी के दिन थे और संध्या का समय। बाहर हवा चलती, भीतर देह फुंकती थी। लीला कोठरी में बैठी एक किताब देख रही थी कि सीतासरन ने आकर कहा—यहां तो बड़ी गर्मी है, बाहर बैठो।

लीला—यह गर्मी उन तानों से अच्छी है जो अभी सुनने पड़ेंगे।

सीतासरन—आज अगर बोलीं तो मैं भी बिगड़ जाऊंगा।

लीला—तब तो मेरा घर में रहना भी मुश्किल हो जायेगा।

सीतासरन—बला से अलग ही रहेंगे!

लीला—मैं तो मर भी जाऊं तो भी अलग न रहूं। वह जो कुछ कहती–सुनती हैं, अपनी समझ से मेरे भले ही के लिए कहती–सुनती हैं। उन्हें मुझसे कुछ दुश्मनी थोड़े ही है। हां, हमें उनकी बातें अच्छी न लगें, यह दूसरी बात है। उन्होंने खुद वह सब कष्ट झेले हैं, जो वह मुझे झेलवाना चाहती हैं। उनके स्वास्थ्य पर उन कष्टों का ज़रा भी असर नहीं पड़ा। वह इस 65 वर्ष की उम्र में मुझसे कहीं टांठी हैं। फिर उन्हें कैसे मालूम हो कि इन कष्टों से स्वास्थ्य बिगड़ सकता है?

सीतासरन ने उसके मुरझाये हुए मुख की ओर करुण नेत्रों से देखकर कहा—तुम्हें इस घर में आकर बहुत दुःख सहना पड़ा। यह घर तुम्हारे योग्य न था। तुमने पूर्व–जन्म में जरूर कोई पाप किया होगा।

लीला ने पति के हाथों से खेलते हुए कहा—यहां न आती तो तुम्हारा प्रेम कैसे पाती?

पांच साल गुजर गये। लीला दो बच्चों की मां हो गयी। एक लड़का था, दूसरी लड़की। लड़के का नाम जानकीसरन रखा गया और लड़की का नाम कामिनी। दोनों बच्चे घर को गुलजार किये रहते। लड़की दादा से हिली थी, लड़का दादी से। दोनों शोख और शरीर थे। गाली दे बैठना, मुंह चिढ़ा देना तो उनके लिए मामूली बात थी। दिन–भर खाते और आये–दिन बीमार पड़े रहते। लीला ने खुद सभी कष्ट सह लिये थे पर बच्चों में बुरी आदतों का पड़ना उसे बहुत बुरा मालूम होता था; किन्तु उसकी कौन सुनता था। बच्चों की माता होकर उसकी अब गणना ही न रही थी। जो कुछ थे बच्चे थे, वह कुछ न थी। उसे किसी बच्चे को डांटने का भी अधिकार न था, सास फाड़ खाती थी।

सबसे बड़ी आपत्ति यह थी कि उसका स्वास्थ्य अब और भी खराब हो गया था। प्रसवकाल में उसे वे भी अत्याचार सहने पड़े जो अज्ञान, मूर्खता और अंधविश्वास ने सौर की रक्षा के लिए गढ़ रखे हैं। उस काल–कोठरी में, जहां

न हवा का गुज़र था, न प्रकाश का, न सफाई का, चारों ओर दुर्गन्ध और सील की गन्दगी भरी हुई थी। उसका कोमल शरीर सूख गया। एक बार जो कसर रह गयी थी, वह दूसरी बार पूरी हो गयी। चेहरा पीला पड़ गया, आंखें धंस गयीं। ऐसा मालूम होता, बदन में खून ही नहीं रहा। सूरत ही बदल गयी।

गर्मियों के दिन थे। एक तरफ आम पके, दूसरी तरफ खरबूजे। इन दोनों फलों की ऐसी अच्छी फसल पहले कभी न हुई थी। अबकी इनमें इतनी मिठास न जाने कहां से आ गयी थी कि कितना ही खाओ मन न भरे। संतसरन के इलाके से आम और खरबूजे के टोकरे भरे चले आते थे। सारा घर खूब उछल-उछल खाता था। बाबू साहब पुरानी हड्डी के आदमी थे। सबेरे एक सैकड़े आमों का नाश्ता करते, फिर पसेरी-भर खरबूजे चट कर जाते। मालकिन उनसे पीछे रहने वाली न थीं। उन्होंने तो एक वक्त का भोजन ही बंद कर दिया। अनाज सड़ने वाली चीज़ नहीं। आज नहीं कल खर्च हो जायेगा। आम और खरबूजे तो एक दिन भी नहीं ठहर सकते? शुदनी थी और क्या। यों ही हर साल दोनों चीज़ों की रेल-पेल होती थी; पर किसी को कभी कोई शिकायत न होती थी। कभी पेट में गिरानी मालूम हुई तो हड़ की फंकी मार ली। एक दिन बाबू संतसरन के पेट में मीठा-मीठा दर्द होने लगा। आपने उसकी परवा न की। आम खाने बैठ गये। सैकड़ा पूरा करके उठे ही थे कि कै हुई। गिर पड़े। फिर तो तिल-तिल पर कै और दस्त होने लगे। हैजा हो गया। शहर के डॉक्टर बुलाये गये, लेकिन उनके आने के पहले ही बाबू साहब चल बसे थे। रोना-पीटना मच गया। संध्या होते-होते लाश घर से निकली। लोग दाह-क्रिया करके आधी रात को लौटे तो मालकिन को भी कै और दस्त हो रहे थे। फिर दौड़-धूप शुरू हुई; लेकिन सूर्य निकलते-निकलते वह भी सिधार गयीं। स्त्री-पुरुष जीवनपर्यंत एक दिन के लिए भी अलग न हुए थे। संसार से भी साथ ही साथ गये, सूर्यास्त के समय पति ने प्रस्थान किया, सूर्योदय के समय पत्नी ने।

लेकिन मुसीबत का अभी अंत न हुआ था। लीला तो संस्कार की तैयारियों में लगी थी; मकान की सफाई की तरफ किसी ने ध्यान न दिया। तीसरे दिन दोनों बच्चे दादा-दादी के लिए रोते-रोते बैठक में जा पहुंचे। वहां एक आले पर खरबूजा कटा हुआ पड़ा था; कलमी आम भी रखे थे। इन पर मक्खियां भिनक रही थीं। जानकी ने एक तिपाई पर चढ़कर दोनों चीज़ें उतार लीं और दोनों ने मिलकर खायीं। शाम होते-होते दोनों को हैजा हो गया और दोनों मां-बाप को रोता छोड़ चल बसे। घर में अंधेरा हो गया। तीन दिन पहले जहां चारों तरफ चहल-पहल थी, वहां अब सन्नाटा छाया हुआ था, किसी के रोने की आवाज़ भी सुनायी न देती थी। रोता ही कौन? ले-दे के कुल दो प्राणी रह गये थे। और उन्हें रोने की सुधि न थी।

लीला का स्वास्थ्य पहले भी कुछ अच्छा न था, अब तो वह और भी बेजान हो गयी। उठने-बैठने की शक्ति भी न रही। हरदम खोयी-सी रहती, न कपड़े-लत्ते की सुधि थी, न खाने-पीने की। उसे न घर से वास्ता था, न बाहर से। जहां बैठती, वहीं बैठी रह जाती। महीनों कपड़े न बदलती, सिर में तेल न डालती। बच्चे ही उसके प्राणों के आधार थे। जब वही न रहे तो मरना और जीना बराबर था। रात-दिन यही मनाया करती कि भगवान् यहां से ले चलो। सुख-दुख सब भुगत चुकी। अब सुख की लालसा नहीं है; लेकिन बुलाने से मौत किसी को आयी है?

सीतासरन भी पहले तो बहुत रोया-धोया; यहां तक कि घर छोड़कर भागा जाता था; लेकिन ज्यों-ज्यों दिन गुजरते थे बच्चों का शोक उसके दिल से मिटता जाता था; संतान का दुःख तो कुछ माता ही को होता है। धीरे-धीरे उसका जी संभल गया। पहले की भांति मित्रों के साथ हंसी-दिल्लगी होने लगी। यारों ने और भी चंग चढ़ाया। अब घर का मालिक था, जो चाहे कर सकता था। कोई उसका हाथ रोकने वाला न था। सैर-सपाटे करने लगा। कहां तो लीला को रोते देख उसकी आंखें सजल हो जाती थीं, कहां अब उसे उदास और शोक-मग्न देखकर झुंझला उठता। जिंदगी रोने ही के लिए तो नहीं है। ईश्वर ने बच्चे दिये थे, ईश्वर ही ने छीन लिये। क्या बच्चों के पीछे प्राण दे देना होगा? लीला यह बातें सुनकर भौचक रह जाती। पिता के मुंह से ऐसे शब्द निकल सकते हैं। संसार में ऐसे प्राणी भी हैं।

होली के दिन थे। मर्दाने में गाना-बजाना हो रहा था। मित्रों की दावत का भी सामान किया गया था। अंदर लीला ज़मीन पर पड़ी हुई रो रही थी। त्योहारों के दिन उसके रोते ही कटते थे। आज बच्चे होते तो अच्छे-अच्छे कपड़े पहने कैसे उछलते फिरते! वही न रहे तो कहां की तीज और कहां के त्योहार।

सहसा सीतासरन ने आकर कहा—क्या दिन-भर रोती ही रहोगी। ज़रा कपड़े तो बदल डालो, आदमी बन जाओ। यह क्या तुमने अपनी गत बना रखी है?

लीला—तुम जाओ अपनी महफिल में बैठो, तुम्हें मेरी क्या फिक्र पड़ी है।

सीतासरन—क्या दुनिया में और किसी के बच्चे नहीं मरते? तुम्हारे ही सिर यह मुसीबत आयी है?

लीला—यह बात कौन नहीं जानता। अपना-अपना दिल ही तो है। उस पर किसी का बस है।

सीतासरन—मेरे साथ भी तो तुम्हारा कुछ कर्तव्य है?

लीला ने कुतूहल से पति को देखा, मानो उसका आशय नहीं समझी। फिर मुंह फेर कर रोने लगी।

सीतासरन—मैं अब इस मनहूसियत का अन्त कर देना चाहता हूं। अगर तुम्हारा अपने दिल पर काबू नहीं है तो मेरा भी अपने दिल पर काबू नहीं है। मैं अब जिन्दगी-भर मातम नहीं मना सकता।

लीला—तुम राग-रंग मनाते हो, मैं तुम्हें मना तो नहीं करती। मैं रोती हूं तो क्यों नहीं रोने देते।

सीतासरन—मेरा घर रोने के लिए नहीं है?

लीला—अच्छी बात है, तुम्हारे घर में न रोऊंगी।

लीला ने देखा, मेरे स्वामी मेरे हाथों से निकले जा रहे हैं। उन पर विषय का भूत सवार हो गया है और कोई समझाने वाला नहीं। वह अपने होश में नहीं हैं। मैं क्या करूं, अगर मैं चली जाती हूं तो थोड़े ही दिनों में सारा घर मिट्टी में मिल जायेगा और इनका वही हाल होगा जो स्वार्थी मित्रों के चंगुल में फंसे हुए नौजवान रईसों का होता है। कोई कुलटा घर में आ जायेगी और इनका सर्वनाश कर देगी। ईश्वर! मैं क्या करूं? अगर इन्हें कोई बीमारी हो जाती तो क्या मैं उस दशा में इन्हें छोड़कर चली जाती? कभी नहीं। मैं तन-मन से इनकी सेवा-सुश्रूषा करती, ईश्वर से प्रार्थना करती, देवताओं की मनौतियां करती। माना इन्हें शारीरिक रोग नहीं है, लेकिन मानसिक रोग अवश्य है। आदमी रोने की जगह हंसे और हंसने की जगह रोये, उसके दिवाना होने में क्या संदेह है। मेरे चले जाने से इनका सर्वनाश हो जायेगा। इन्हें बचाना मेरा धर्म है।

हां, मुझे अपना शोक भूल जाना होगा। रोऊंगी, रोना तो तकदीर में लिखा ही है—रोऊंगी, लेकिन हंस-हंसकर। अपने भाग्य से लड़ूंगी। जो जाते रहे उनके नाम को रोने के सिवा और कर ही क्या सकती हूं, लेकिन जो है उसे न जाने दूंगी। आ, ऐ टूटे हुए हृदय! आज तेरे टुकड़ों को जमा करके एक समाधि बनाऊं और अपने शोक को उसके हवाले हर दूं। ओ रोने वाली आंखें, आओ मेरे आंसुओं को अपनी विहंसित छटा में छिपा लो। आओ मेरे आभूषणों, मैंने बहुत दिनों तक तुम्हारा अपमान किया, मेरा अपराध क्षमा करो। तुम मेरे भले दिनों के साथी हो, तुमने मेरे साथ बहुत विहार किये हैं, अब इस संकट में मेरा साथ दो; मगर देखो, दगा न करना; मेरे भेदों को छिपाये रखना।

लीला सारी रात बैठी अपने मन से यही बातें करती रही। उधर मर्दाने में धमाचौकड़ी मची हुई थी। सीतासरन नशे में चूर कभी गाता था, कभी तालियां बजाता था। उसके मित्र लोग भी उसी रंग में रंगे हुए थे। मालूम होता था इनके लिए भोग-विलास के सिवा और कोई काम नहीं है।

पिछले पहर को महफिल में सन्नाटा हो गया। 'हू-हा' की आवाजें बन्द हो गयीं। लीला ने सोचा, क्या लोग कहीं चले गये, या सो गये। एकाएक सन्नाटा क्यों

छा गया। जाकर दहलीज़ में खड़ी हो गयी और बैठक में झांक कर देखा, सारी देह में एक ज्वाला-सी दौड़ गयी। मित्र लोग विदा हो गये थे। समाजियों का पता न था। केवल एक रमणी मसनद पर लेटी हुई थी और सीतासरन उसके सामने झुका हुआ उससे बातें कर रहा था। दोनों के चेहरों और आंखों से उनके मन के भाव साफ झलक रहे थे। एक की आंखों में अनुराग था, दूसरी की आंखों में कटाक्ष। एक भोला-भाला हृदय एक मायाविनी रमणी के हाथों लुटा जाता था। लीला की सम्पत्ति को उसकी आंखों के सामने एक छलिनी चुराये लिये जाती थी। लीला को ऐसा क्रोध आया कि इसी समय चलकर इस कुलटा को आड़े हाथों लूं, ऐसा दुत्कारूं कि वह भी याद करे, खड़े-खड़े निकाल दूं। वह पत्नी-भाव जो बहुत दिनों से सो रहा था, जाग उठा और उसे विकल करने लगा। पर उसने जब्त किया। वेग से दौड़ती हुई तृष्णाएं अकस्मात् न रोकी जा सकती थीं। वह उलटे पांव भीतर लौट आयी और मन को शांत करके सोचने लगी—वह रूप-रंग में, हाव-भाव में, नखरे-तिल्ले में उस दुष्टा की बराबरी नहीं कर सकती। बिलकुल चांद का टुकड़ा है अंग-अंग में स्फूर्ति भरी हुई है, पोर-पोर में मद छलक रहा है। उसकी आंखों में कितनी तृष्णा है, तृष्णा नहीं बल्कि ज्वाला। लीला उसी वक्त आईने के सामने गयी। आज कई महीनों के बाद उसने आईने में अपनी सूरत देखी। उसके मुख से एक आह निकल गयी। शोक ने उसकी कायापलट कर दी थी। उस रमणी के सामने वह ऐसी लगती थी जैसे गुलाब के सामने जूही का फूल!

सीतासरन का खुमार शाम को टूटा। आंखें खुलीं तो सामने लीला को खड़ी मुस्कराते देखा। उसकी अनोखी छवि आंखों में समा गयी। ऐसे खुश हुए मानो बहुत दिनों के वियोग के बाद उससे भेंट हुई हो। उसे क्या मालूम था कि यह रूप भरने के लिए लीला ने कितने आंसू बहाये हैं, केशों में यह फूल गूंथने के पहले आंखों से कितने मोती पिरोये हैं। उन्होंने एक नवीन प्रेमोत्साह से उठकर उसे गले लगा लिया और मुस्कराकर बोले—आज तो तुमने बड़े-बड़े शस्त्र सजा रखे हैं, कहां भागूं?

लीला ने अपने हृदय की ओर उंगली दिखाकर कहा—यहां आ बैठो। बहुत भागे फिरते हो, अब तुम्हें बांध कर रखूंगी। बाग की बहार का आनंद तो उठा चुके, अब इस अंधेरी कोठरी को भी देख लो।

सीतासरन ने लज्जित होकर कहा—उसे अंधेरी कोठरी मत कहो लीला! वह प्रेम का मानसरोवर है।

इतने में बाहर से किसी मित्र के आने की खबर आयी। सीतासरन चलने लगे तो लीला ने उनका हाथ पकड़कर कहा—मैं न जाने दूंगी।

सीतासरन—अभी आता हूं।

लीला—मुझे डर लगता है कहीं तुम चले न जाओ।

सीतासरन बाहर आये तो मित्र महाशय बोले—आज दिन भर सोते ही रहे क्या? बहुत खुश नज़र आते हो। इस वक्त तो वहां चलने की ठहरी थी न? तुम्हारी राह देख रही हैं।

सीतासरन—चलने को तो तैयार हूं, लेकिन लीला जाने नहीं देती।

मित्र—निरे गाउदी ही रहे। आ गये फिर बीवी के पंजे में। फिर किस बिरते पर गरमाये थे?

सीतासरन—लीला ने घर से निकाल दिया था, तब आश्रय ढूंढ़ता-फिरता था। अब उसने द्वार खोल दिये और खड़ी बुला रही है।

मित्र—अजी, यहां वह आनंद कहां? घर को लाख सजाओ तो क्या बाग हो जायेगा?

सीतासरन—भई, घर बाग नहीं हो सकता, पर स्वर्ग हो सकता है। मुझे इस वक्त अपनी क्षुद्रता पर जितनी लज्जा आ रही है, वह मैं ही जानता हूं। जिस संतानशोक में उसने अपने शरीर को घुला डाला और अपने रूप-लावण्य को मिटा दिया उसी को केवल मेरा एक इशारा पाकर उसने भुला दिया। ऐसा भुला दिया मानो कभी शोक हुआ ही नहीं। मैं जानता हूं वह बड़े से बड़े कष्ट सह सकती है। मेरी रक्षा उसके लिए आवश्यक है। जब अपनी उदासीनता के कारण उसने मेरी दशा बिगड़ती देखी तो अपना सारा शोक भूल गयी। आज मैंने उसे अपने आभूषण पहनकर मुस्कराते हुए देखा तो मेरी आत्मा पुलकित हो उठी। मुझे ऐसा मालूम हो रहा है कि वह स्वर्ग की देवी है और केवल मुझ जैसे दुर्बल प्राणी की रक्षा करने के लिए भेजी गयी है। मैंने उसे जो कठोर शब्द कहे, वे अगर अपनी सारी सम्पत्ति बेचकर भी मिल सकते, तो लौटा लेता। लीला वास्तव में स्वर्ग की देवी है।

कायर

युवक का नाम केशव था, युवती का प्रेमा। दोनों एक ही कॉलेज के और एक ही क्लास के विद्यार्थी थे। केशव नये विचारों का युवक था, जात-पांत के बन्धनों का विरोधी। प्रेमा पुराने संस्कारों की कायल थी, पुरानी मर्यादाओं और प्रथाओं में पूरा विश्वास रखने वाली; लेकिन फिर भी दोनों में गाढ़ा प्रेम हो गया था। और यह बात सारे कॉलेज में मशहूर थी। केशव ब्राह्मण होकर भी वैश्य कन्या प्रेमा से विवाह करके अपना जीवन सार्थक करना चाहता था। उसे अपने माता-पिता की परवाह न थी। कुल-मर्यादा का विचार भी उसे स्वांग-सा लगता था। उसके लिए सत्य कोई वस्तु थी, तो प्रेम थी; किन्तु प्रेमा के लिए माता-पिता और कुल-परिवार के आदेश के विरुद्ध एक कदम बढ़ाना भी असम्भव था।

संध्या का समय है। विक्टोरिया-पार्क के एक निर्जन स्थान में दोनों आमने-सामने हरियाली पर बैठे हुए हैं। सैर करने वाले एक-एक करके विदा हो गये; किन्तु ये दोनों अभी वहीं बैठे हुए हैं। उनमें एक ऐसा प्रसंग छिड़ा हुआ है, जो किसी तरह समाप्त नहीं होता।

केशव ने झुंझलाकर कहा—इसका यह अर्थ है कि तुम्हें मेरी परवाह नहीं है?

प्रेमा ने उसको शांत करने की चेष्टा करके कहा—तुम मेरे साथ अन्याय कर रहे हो, केशव! लेकिन मैं इस विषय को माता-पिता के सामने कैसे छेड़ूं, यह मेरी समझ में नहीं आता। वे लोग पुरानी रूढ़ियों के भक्त हैं। मेरी तरफ से कोई ऐसी बात सुनकर मन में जो-जो शंकाएं होंगी, उनकी तुम कल्पना कर सकते हो?

केशव ने उग्र भाव से पूछा—तो तुम भी उन्हीं पुरानी रूढ़ियों की गुलाम हो?

प्रेमा ने अपनी बड़ी-बड़ी आंखों में मृदु स्नेह भरकर कहा—नहीं, मैं उनकी गुलाम नहीं हूं, लेकिन माता-पिता की इच्छा मेरे लिए और सब चीजों से अधिक मान्य है।

'तुम्हारा व्यक्तित्व कुछ नहीं है?'

'ऐसा ही समझ लो।'

'मैं तो समझता था कि ये ढकोसले मूर्खों के लिए ही हैं; लेकिन अब मालूम हुआ कि तुम जैसी विदुषियां भी उनकी पूजा करती हैं। जब मैं तुम्हारे लिए संसार को छोड़ने पर तैयार हूं तो तुमसे भी यही आशा करता हूं।'

प्रेमा ने मन में सोचा, मेरा अपनी देह पर क्या अधिकार है। जिन माता-पिता ने अपने रक्त से मेरी सृष्टि की है, और अपने स्नेह से उसे पाला है, उनकी मरजी के खिलाफ कोई काम करने का उसे कोई हक नहीं।

उसने दीनता के साथ केशव से कहा—क्या प्रेम स्त्री और पुरुष के रूप ही में रह सकता है, मैत्री के रूप में नहीं? मैं तो आत्मा का बन्धन समझती हूं।

केशव ने कठोर भाव से कहा—इन दार्शनिक विचारों से तुम मुझे पागल कर दोगी, प्रेमा! बस, इतना ही समझ लो मैं निराश होकर जिन्दा नहीं रह सकता। मैं प्रत्यक्षवादी हूं, और कल्पनाओं के संसार में प्रत्यक्ष का आनन्द उठाना मेरे लिए असम्भव है।

यह कहकर उसने प्रेमा का हाथ पकड़कर, अपनी ओर खींचने की चेष्टा की। प्रेमा ने झटके से हाथ छुड़ा लिया और बोली—नहीं केशव, मैं कह चुकी हूं कि मैं स्वतन्त्र नहीं हूं। तुम मुझसे वह चीज न मांगो, जिस पर मेरा कोई अधिकार नहीं है।

केशव को अगर प्रेमा ने कठोर शब्द कहे होते तो भी उसे इतना दुःख न हुआ होता। एक क्षण तक वह मन मारे बैठा रहा, फिर उठकर निराशा भरे स्वर में बोला—'जैसी तुम्हारी इच्छा!' और आहिस्ता-आहिस्ता कदम-सा उठाता हुआ वहां से चला गया। प्रेमा अब भी वहीं बैठी आंसू बहाती रही।

रात को भोजन करके प्रेमा जब अपनी मां के साथ लेटी, तो उसकी आंखों में नींद न थी। केशव ने उसे एक ऐसी बात कह दी थी, जो चंचल पानी में पड़ने वाली छाया की तरह उसके दिल पर छाई हुई थी। प्रतिक्षण उसका रूप बदलता था। वह उसे स्थिर न कर सकती थी। माता से इस विषय में कुछ कहे तो कैसे? लज्जा मुंह बन्द कर देती थी। उसने सोचा, अगर केशव के साथ मेरा विवाह न हुआ तो उस समय मेरा क्या कर्तव्य होगा। अगर केशव ने कुछ उद्दंडता कर डाली तो मेरे लिए संसार में फिर क्या रह जायेगा; लेकिन मेरा बस ही क्या है। इन भांति-भांति के विचारों में एक बात जो उसके मन में निश्चित हुई, वह यह थी कि केशव के सिवा वह और किसी से विवाह न करेगी।

उसकी माता ने पूछा—क्या तुझे अब तक नींद न आयी? मैंने तुझसे कितनी बार कहा कि थोड़ा बहुत घर का काम-काज किया कर; लेकिन तुझे किताबों से ही फुरसत नहीं मिलती। चार दिन में तू पराये घर जायेगी, कौन जाने कैसा घर मिले। अगर कुछ काम करने की आदत न रही, तो कैसे निबाह होगा?

प्रेमा ने भोलेपन से कहा—मैं पराये घर जाऊंगी ही क्यों?

माता ने मुस्कराकर कहा—लड़कियों के लिए यही तो सबसे बड़ी विपत्ति है, बेटी! मां-बाप की गोद में पलकर ज्यों ही सयानी हुईं, दूसरों की हो जाती हैं। अगर अच्छे प्राणी मिले, तो जीवन आराम से कट गया, नहीं रो-रोकर दिन काटना

पड़ा। सब कुछ भाग्य के अधीन है। अपनी बिरादरी में तो मुझे कोई घर नहीं भाता। कहीं लड़कियों का आदर नहीं; लेकिन करना तो बिरादरी में ही पड़ेगा। न जाने जात-पांत का बन्धन कब टूटेगा?

प्रेमा डरते-डरते बोली—कहीं-कहीं तो बिरादरी के बाहर भी विवाह होने लगे हैं!

उसने कहने को कह दिया; लेकिन उसका हृदय कांप रहा था कि माता जी कुछ भांप न जायें।

माता ने विस्मय के साथ पूछा—क्या हिन्दुओं में ऐसा हुआ है!

फिर उसने आप-ही-आप उस प्रश्न का जवाब भी दिया—और दो-चार जगह ऐसा हो भी गया, सो उससे क्या होता है?

प्रेमा ने इसका कुछ जवाब न दिया, भय हुआ कि माता कहीं उसका आशय समझ न जायें। उसका भविष्य एक अंधेरी खाई की तरह उसके सामने मुंह खोले खड़ा था, मानो उसे निगल जायेगा।

उसे न जाने कब नींद आ गयी।

प्रातःकाल प्रेमा सोकर उठी, तो उसके मन में एक विचित्र साहस का उदय हो गया था। सभी महत्वपूर्ण फैसले हम आकस्मिक रूप से कर लिया करते हैं, मानो कोई दैवी-शक्ति हमें उनकी ओर खींच ले जाती है; वही हालत प्रेमा की थी। कल तक वह माता-पिता के निर्णय को मान्य समझती थी, पर संकट को सामने देखकर उसमें उस वायु की हिम्मत पैदा हो गयी थी, जिसके सामने कोई पर्वत आ गया हो। वही मन्द वायु प्रबल वेग से पर्वत के मस्तक पर चढ़ जाती है और उसे कुचलती हुई दूसरी तरफ जा पहुंचती है। प्रेमा मन में सोच रही थी—माना, यह देह माता-पिता की है; किन्तु आत्मा तो मेरी है। मेरी आत्मा को जो कुछ भुगतना पड़ेगा, वह इसी देह से तो भुगतना पड़ेगा। अब वह इस विषय में संकोच करना अनुचित ही नहीं, घातक समझ रही थी। अपने जीवन को क्यों एक झूठे सम्मान पर बलिदान करे? उसने सोचा विवाह का आधार अगर प्रेम न हो, तो वह देह का विक्रय है। आत्म-समर्पण क्या बिना प्रेम के भी हो सकता है? इस कल्पना ही से कि न जाने किस अपरिचित युवक से उसका विवाह हो जायेगा, उसका हृदय विद्रोह कर उठा।

वह अभी नाश्ता करके कुछ पढ़ने जा रही थी कि उसके पिता ने प्यार से पुकारा—मैं कल तुम्हारे प्रिंसिपल के पास गया था, वे तुम्हारी बड़ी तारीफ कर रहे थे।

प्रेमा ने सरल भाव से कहा—आप तो यों ही कहा करते हैं।

'नहीं, सच।'

यह कहते हुए उन्होंने अपनी मेज की दराज खोली, और मखमली चौखटों

में जड़ी हुई एक तस्वीर निकालकर उसे दिखाते हुए बोले—यह लड़का आई. सी. एस. के इम्तहान में प्रथम आया है। इसका नाम तो तुमने सुना होगा?

बूढ़े पिता ने ऐसी भूमिका बांध दी थी कि प्रेमा उनका आशय न समझ सके लेकिन प्रेमा भांप गयी! उसका मन तीर की भांति लक्ष्य पर जा पहुंचा। उसने बिना तस्वीर की ओर देखे ही कहा—नहीं, मैंने तो उसका नाम नहीं सुना।

पिता ने बनावटी आश्चर्य से कहा—क्या? तुमने उसका नाम ही नहीं सुना? आज के दैनिक पत्र में उसका चित्र और जीवन-वृत्तांत छपा है।

प्रेमा ने रुखाई से जवाब दिया—होगा, मगर मैं तो उस परीक्षा का कोई महत्व नहीं समझती। मैं तो समझती हूं, जो लोग इस परीक्षा में बैठते हैं वे पल्ले सिरे के स्वार्थी होते हैं। आखिर उनका उद्देश्य इसके सिवा और क्या होता है कि अपने गरीब, निर्धन, दलित भाइयों पर शासन करें और खूब धन संचय करें। यह तो जीवन का कोई ऊंचा उद्देश्य नहीं है।

इस आपत्ति में जलन थी, अन्याय था, निर्दयता थी। पिता जी ने समझा था, प्रेमा यह बखान सुनकर लट्टू हो जायेगी। यह जवाब सुनकर तीखे स्वर में बोले—तू तो ऐसी बातें कर रही है जैसे तेरे लिए धन और अधिकार का कोई मूल्य ही नहीं।

प्रेमा ने ढिठाई से कहा—हां, मैं तो इसका मूल्य नहीं समझती। मैं तो आदमी में त्याग देखती हूं। मैं ऐसे युवकों को जानती हूं, जिन्हें यह पद जबरदस्ती भी दिया जाये, तो स्वीकार न करेंगे।

पिता ने उपहास के ढंग से कहा—यह तो आज मैंने नई बात सुनी। मैं तो देखता हूं कि छोटी-छोटी नौकरियों के लिए लोग मारे-मारे फिरते हैं। मैं जरा उस लड़के की सूरत देखना चाहता हूं, जिसमें इतना त्याग हो। मैं तो उसकी पूजा करूंगा।

शायद किसी दूसरे अवसर पर ये शब्द सुनकर प्रेमा लज्जा से सिर झुका लेती; पर इस समय उसकी दशा उस सिपाही की सी थी, जिसके पीछे गहरी खाई हो। आगे बढ़ने के सिवा उसके लिए और कोई मार्ग न था। अपने आवेश को संयम से दबाती हुई, आंखों में विद्रोह भरे, वह अपने कमरे में गयी, और केशव के कई चित्रों में से वह एक चित्र चुनकर लायी, जो उसकी निगाह में सबसे खराब था, और पिता के सामने रख दिया। बूढ़े पिता जी ने चित्र को उपेक्षा के भाव से देखना चाहा; लेकिन पहली दृष्टि ही में उसने उन्हें आकर्षित कर लिया। ऊंचा कद था और दुर्बल होने पर भी उसका गठन, स्वास्थ्य और संयम का परिचय दे रहा था। मुख पर प्रतिभा का तेज न था; पर विचारशीलता का कुछ ऐसा प्रतिबिम्ब था, जो उसके मन में विश्वास पैदा करता था।

उन्होंने उस चित्र की ओर देखते हुए पूछा—यह किसका चित्र है?

प्रेमा ने संकोच से सिर झुकाकर कहा—यह मेरी ही क्लास में पढ़ते हैं।

'अपनी ही बिरादरी का है?'

प्रेमा की मुखमुद्रा धूमिल हो गयी। इसी प्रश्न के उत्तर पर उसकी किस्मत का फैसला हो जायेगा। उसके मन में पछतावा हुआ कि व्यर्थ मैं इस चित्र को यहां लायी। उसमें एक क्षण के लिए जो दृढ़ता आयी थी, वह इस पैने प्रश्न के सामने कातर हो उठी। दबी हुई आवाज में बोली—'जी नहीं, वह ब्राह्मण हैं।' और यह कहने के साथ ही क्षुब्ध होकर कमरे से निकल गयी मानो यहां की वायु में उसका गला घुटा जा रहा हो और दीवार की आड़ में होकर रोने लगी।

लाला जी को तो पहले ऐसा क्रोध आया कि प्रेमा को बुलाकर साफ-साफ कह दें कि यह असम्भव है। वे उसी गुस्से में दरवाजे तक आये, लेकिन प्रेमा को रोते देखकर नम्र हो गये। इस युवक के प्रति प्रेमा के मन में क्या भाव थे, यह उनसे छिपा न रहा। वे स्त्री-शिक्षा के पूरे समर्थक थे; लेकिन इसके साथ ही कुल-मर्यादा की रक्षा भी करना चाहते थे। अपनी ही जाति के सुयोग्य वर के लिए अपना सर्वस्व अर्पण कर सकते थे; लेकिन उस क्षेत्र के बाहर कुलीन से कुलीन और योग्य से योग्य वर की कल्पना भी उनके लिए असह्य थी। इससे बड़ा अपमान वे सोच ही न सकते थे।

उन्होंने कठोर स्वर में कहा—आज से कॉलेज जाना बन्द कर दो, अगर शिक्षा कुल-मर्यादा को डुबोना ही सिखाती है, तो कु-शिक्षा है।

प्रेमा ने कातर कंठ से कहा—परीक्षा तो समीप आ गयी है।

लाला जी ने दृढ़ता से कहा—आने दो।

और फिर अपने कमरे में जाकर विचारों में डूब गये।

छः महीने गुजर गये।

लाला जी ने घर में आकर पत्नी को एकान्त में बुलाया और बोले—जहां तक मुझे मालूम हुआ है, केशव बहुत ही सुशील और प्रतिभाशाली युवक है। मैं तो समझता हूं प्रेमा इस शोक में घुल-घुलकर प्राण दे देगी। तुमने भी समझाया, मैंने भी समझाया, दूसरों ने भी समझाया; पर उस पर कोई असर ही नहीं होता। ऐसी दशा में हमारे लिए और क्या उपाय है।

उनकी पत्नी ने चिन्तित भाव से कहा—कर तो दोगे; लेकिन रहोगे कहां? न जाने कहां से यह कुलच्छनी मेरी कोख में आयी?

लाला जी ने भवें सिकोड़कर तिरस्कार के साथ कहा—यह तो हजार दफा सुन चुका; लेकिन कुल-मर्यादा के नाम को कहां तक रोयें। चिड़िया का पर खोलकर यह आशा करना कि वह तुम्हारे आंगन में ही फुदकती रहेगी भ्रम है। मैंने इस प्रश्न पर ठण्डे दिल से विचार किया है और इस नतीजे पर पहुंचा हूं कि हमें इस आपद्धर्म को स्वीकार कर लेना चाहिए। कुल-मर्यादा के नाम पर मैं प्रेमा की हत्या नहीं कर सकता। दुनिया हंसती हो, हंसे; मगर वह जमाना बहुत जल्द

आने वाला है, जब ये सभी बन्धन टूट जायेंगे। आज भी सैकड़ों विवाह जात-पांत के बन्धनों को तोड़कर हो चुके हैं। अगर विवाह का उद्देश्य स्त्री और पुरुष का सुखमय जीवन है, तो हम प्रेमा की उपेक्षा नहीं कर सकते हैं।

वृद्धा ने क्षुब्ध होकर कहा—जब तुम्हारी यही इच्छा है, तो मुझसे क्या पूछते हो? लेकिन मैं कहे देती हूं, कि मैं इस विवाह के नजदीक न जाऊंगी, न कभी इस छोकरी का मुंह देखूंगी, समझ लूंगी, जैसे और सब लड़के मर गये वैसे यह भी मर गयी।

'तो फिर आखिर तुम क्या करने को कहती हो?'

'क्यों नहीं उस लड़के से विवाह कर देते, उसमें क्या बुराई है? वह दो साल में सिविल सर्विस पास करके आ जायेगा। केशव के पास क्या रखा है, बहुत होगा किसी दफ्तर में क्लर्क हो जायेगा।'

'और अगर प्रेमा प्राण-हत्या कर ले, तो?'

'तो कर ले, तुम तो उसे और शह देते हो? जब उसे हमारी परवाह नहीं है, तो हम उसके लिए अपने नाम को क्यों कलंकित करें? प्राण-हत्या करना कोई खेल नहीं है। यह सब धमकी है। मन घोड़ा है, जब तक उसे लगाम न दो पुट्ठे पर हाथ भी न रखने देगा। जब उसके मन का यह हाल है, तो कौन कहे, केशव के साथ ही जिन्दगी भर निबाह करेगी। जिस तरह आज उससे प्रेम है, उसी तरह कल दूसरे से हो सकता है। तो क्या पत्ते पर अपना मांस बिकवाना चाहते हो?'

लाला जी ने स्त्री को प्रश्न-सूचक दृष्टि से देखकर कहा—और अगर वह कल खुद जाकर केशव से विवाह कर ले, तो तुम क्या कर लोगी? फिर तुम्हारी कितनी इज्जत रह जायेगी। वह चाहे संकोचवश, या हम लोगों के लिहाज में यों ही बैठी रहे; पर यदि जिद पर कमर बांध ले, हम-तुम कुछ नहीं कर सकते।

इस समस्या का ऐसा भीषण अन्त भी हो सकता है, यह इस वृद्धा के ध्यान में भी न आया था। यह प्रश्न बम के गोले की तरह उसके मस्तक पर गिरा। एक क्षण तक वह अवाक् बैठी रह गयी, मानो इस आघात ने उसकी बुद्धि की धज्जियां उड़ा दी हों। फिर पराभूत होकर बोली—तुम्हें अनोखी ही कल्पनाएं सूझती हैं। मैंने तो आज तक कभी भी नहीं सुना कि किसी कुलीन कन्या ने अपनी इच्छा से विवाह किया है।

'तुमने न सुना हो; लेकिन मैंने सुना है और देखा है ऐसा होना बहुत सम्भव है।'

'जिस दिन ऐसा होगा, उस दिन तुम मुझे जीती न देखोगे।'

'मैं यह नहीं कहता ऐसा होगा ही; लेकिन होना सम्भव है।'

'तो जब ऐसा होना है, तो इससे तो यही अच्छा है कि हमीं इसका प्रबन्ध करें। जब नाक ही कट रही है, तो तेज छुरी से क्यों न कटे। कल केशव को बुलाकर देखो, क्या कहता है।'

केशव के पिता सरकारी पेन्शनर थे, मिजाज के चिड़चिड़े और कृपण। धर्म के आडम्बरों में ही उनके चित्त को शान्ति मिलती थी। कल्पना-शक्ति का अभाव था। किसी के मनोभावों का सम्मान न कर सकते थे। वह अब भी उस संसार में रहते थे जिसमें उन्होंने अपने बचपन और जवानी के दिन काटे थे। नवयुग की बढ़ती हुई लहर को वे सर्वनाश कहते थे, और कम-से-कम अपने घर को दोनों हाथों और दोनों पैरों का जोर लगाकर उससे बचाये रखना चाहते थे; इसलिए जब एक दिन प्रेमा के पिता उनके पास पहुंचे और केशव से प्रेमा के विवाह का प्रस्ताव किया, तो बूढ़े पण्डित जी अपने आपे में न रह सके। धुंधली आंखें फाड़कर बोले—आप भंग तो नहीं खा गये हैं? इस तरह का सम्बन्ध और चाहे जो कुछ हो, विवाह नहीं है। मालूम होता है, आपको भी नये जमाने की हवा लग गयी।

बूढ़े बाबू जी ने नम्रता से कहा—मैं खुद ऐसा सम्बन्ध नहीं पसन्द करता। इस विषय में मेरे भी वही विचार हैं, जो आपके; पर बात ऐसी आ पड़ी है कि मुझे विवश होकर आपकी सेवा में आना पड़ा। आजकल के लड़के और लड़कियां कितने स्वेच्छाचारी हो गये हैं, यह तो आप जानते ही हैं। हम बूढ़े लोगों के लिए अब अपने सिद्धान्तों की रक्षा करना कठिन हो गया है। मुझे भय है कि कहीं ये दोनों निराश होकर अपनी जान पर न खेल जायें।

बूढ़े पण्डित जी जमीन पर पांव पटकते हुए गरज उठे—आप क्या कहते हैं, साहब! आपको शरम नहीं आती? हम ब्राह्मण हैं और ब्राह्मणों में भी कुलीन। ब्राह्मण कितने ही पतित हो गये हों, इतने मर्यादा-शून्य नहीं हुए हैं कि बनिये-बक्कालों की लड़की से विवाह करते फिरें! जिस दिन कुलीन ब्राह्मणों में लड़कियां न रहेंगी, उस दिन समस्या उपस्थित हो सकती है। मैं कहता हूं, आपको मुझसे यह बात कहने का साहस कैसे हुआ?

बूढ़े बाबू जी जितना ही दबते थे, उतना ही पण्डित जी बिगड़ते थे। यहां तक कि लाला जी अपना अपमान ज्यादा न सह सके, और अपनी तकदीर को कोसते हुए चले गये।

उसी वक्त केशव कॉलेज से आया। पण्डित जी ने तुरन्त उसे बुलाकर कठोर कंठ से कहा—मैंने सुना है, तुमने किसी बनिये की लड़की से अपना विवाह निश्चित कर लिया है। यह खबर कहां तक सही है?

केशव ने अनजान बनकर पूछा—आपसे किसने कहा?

'किसी ने कहा। मैं पूछता हूं, यह बात ठीक है, या नहीं? अगर ठीक है, और तुमने अपनी मर्यादा को डुबाना निश्चय कर लिया है, तो तुम्हारे लिए हमारे घर में कोई स्थान नहीं! तुम्हें मेरी कमाई का एक धेला भी नहीं मिलता। मेरे पास जो कुछ है, वह मेरी अपनी कमाई है, मुझे अख्तियार है कि मैं उसे जिसे चाहूं, दे दूं। तुम यह अनीति करके मेरे घर में कदम नहीं रख सकते।'

केशव पिता के स्वभाव से परिचित था। प्रेमा से उसे प्रेम था। वह गुप्त रूप

से प्रेमा से विवाह कर लेना चाहता था! बाप हमेशा तो बैठे न रहेंगे। माता के स्नेह पर उसे विश्वास था। उस प्रेम की तरंग में वह सारे कष्टों को झेलने के लिए तैयार मालूम होता था; लेकिन जैसे कोई कायर सिपाही बन्दूक के सामने जाकर हिम्मत खो बैठता है और कदम पीछे हटा लेता है, वही दशा केशव की हुई। वह साधारण युवकों की तरह सिद्धान्तों के लिए बड़े-बड़े तर्क कर सकता था, जबान से उनमें अपनी भक्ति की दोहाई दे सकता था; लेकिन इसके लिए यातनाएं झेलने की सामर्थ्य उसमें न थी। अगर वह अपनी जिद पर अड़ा और पिता ने भी अपनी टेक रखी, तो उसका कहां ठिकाना लगेगा? उसका जीवन ही नष्ट हो जायेगा।

उसने दबी जबान से कहा—जिसने आपसे यह कहा है, बिलकुल झूठ कहा है।

पंडित जी ने तीव्र नेत्रों से देखकर कहा—तो यह खबर बिलकुल गलत है?

'जी हां, बिलकुल गलत।'

'तो तुम आज ही इसी वक्त उस बनिये को खत लिख दो और याद रखो कि अगर इस तरह की चर्चा फिर उठी, तो मैं तुम्हारा सबसे बड़ा शत्रु होऊंगा। बस, जाओ।'

केशव और कुछ न कह सका। वह यहां से चला; तो ऐसा मालूम होता था कि पैरों में दम नहीं है।

दूसरे दिन प्रेमा ने केशव के नाम यह पत्र लिखा—

'प्रिय केशव!'

तुम्हारे पूज्य पिताजी ने लाला जी के साथ जो अशिष्ट और अपमानजनक व्यवहार किया है उसका हाल सुनकर मेरे मन में बड़ी शंका उत्पन्न हो रही है। शायद उन्होंने तुम्हें भी डांट-फटकार बताई होगी, ऐसी दशा में मैं तुम्हारा निश्चय सुनने के लिए विकल हो रही हूं। तुम्हारे साथ हर तरह का कष्ट झेलने को तैयार हूं। मुझे तुम्हारे पिताजी की सम्पत्ति का मोह नहीं है, मैं तो केवल तुम्हारा प्रेम चाहती हूं और उसी में प्रसन्न हूं। आज शाम को यहीं आकर भोजन करो। दादा और मां दोनों तुमसे मिलने के लिए बहुत इच्छुक हैं। मैं वह स्वप्न देखने में मग्न हूं जब हम दोनों उस सूत्र में बंध जायेंगे, जो टूटना नहीं जानता। जो बड़ी-से-बड़ी आपत्ति में भी अटूट रहता है।

तुम्हारी—
प्रेमा!

संध्या हो गयी और इस पत्र का कोई जवाब न आया। उसकी माता बार-बार पूछती थी—केशव आये नहीं? बूढ़े लाला भी द्वार की ओर आंख लगाये बैठे थे। यहां तक कि रात के नौ बज गये, पर न तो केशव ही आये, न उनका पत्र।

प्रेमा के मन में भांति-भांति के संकल्प-विकल्प उठ रहे थे, कदाचित् उन्हें

पत्र लिखने का अवकाश न मिला होगा, या आज आने की फ़ुरसत न मिली होगी, कल अवश्य आ जायेंगे। केशव ने पहले उसके पास जो प्रेम-पत्र लिखे थे, उन सबको उसने फिर पढ़ा। उनके एक-एक शब्द से कितना अनुराग टपक रहा था, उनमें कितना कम्पन था, कितनी विकलता, कितनी तीव्र आकांक्षा! फिर उसे केशव के वे वाक्य याद आये; जो उसने सैकड़ों ही बार कहे थे। कितनी बार वह उसके सामने रोया था। इतने प्रमाणों के होते हुए निराशा के लिए कहां स्थान था, मगर फिर भी सारी रात उसका मन जैसे सूली पर टंगा रहा।

प्रात:काल केशव का जवाब आया। प्रेमा ने कांपते हुए हाथों से पत्र लेकर पढ़ा। पत्र हाथ से गिर गया। ऐसा जान पड़ा, मानो उसकी देह का रक्त स्थिर हो गया हो। लिखा था—

'मैं बड़े संकट में हूं, कि तुम्हें क्या जवाब दूं? मैंने इधर इस समस्या पर खूब ठण्डे दिल से विचार किया है और इस नतीजे पर पहुंचा हूं कि वर्तमान दशाओं में मेरे लिए पिता की आज्ञा की उपेक्षा करना दु:सह है। मुझे कायर न समझना। मैं स्वार्थी भी नहीं हूं, लेकिन मेरे सामने जो बाधाएं हैं, उन पर विजय पाने की शक्ति मुझमें नहीं है। पुरानी बातों को भूल जाओ। उस समय मैंने इन बाधाओं की कल्पना न की थी!'

प्रेमा ने एक लम्बी, गहरी, जलती हुई सांस खींची और उस खत को फाड़ कर फेंक दिया। उसकी आंखों से अश्रुधार बहने लगी। जिस केशव को उसने अपने अन्त:करण से वर लिया था, वह इतना निष्ठुर हो जायेगा, इसकी उसको रत्ती भर भी आशा न थी। ऐसा मालूम पड़ा, मानो, अब तक वह कोई सुनहला स्वप्न देख रही थी; पर आंख खुलने पर वह सब कुछ अदृश्य हो गया। जीवन में जब आशा ही लुप्त हो गयी, तो अब अन्धकार के सिवा और क्या रहा! अपने हृदय की सारी सम्पत्ति लगाकर उसने एक नाव लदवाई थी, वह नाव जलमग्न हो गयी। अब दूसरी नाव कौन वहां से लदवाये; अगर वह नाव टूटी है तो उसके साथ वह भी डूब जायेगी।

माता ने पूछा—क्या केशव का पत्र है?

प्रेमा ने भूमि की ओर ताकते हुए कहा—हां, उनकी तबीयत अच्छी नहीं है—इसके सिवा वह और क्या कहे? केशव की निष्ठुरता और बेवफाई का समाचार कहकर लज्जित होने का साहस उसमें न था।

दिन भर वह घर के काम-धन्धों में लगी रही, मानो उसे कोई चिन्ता ही नहीं है। रात को उसने सबको भोजन कराया, खुद भी भोजन किया और बड़ी देर तक हारमोनियम पर गाती रही।

मगर सवेरा हुआ तो उसके कमरे में उसकी लाश पड़ी हुई थी। प्रभात की सुनहरी किरणें उसके पीले मुख को जीवन की आभा प्रदान कर रही थीं।

जिहाद

बहुत पुरानी बात है। हिंदुओं का एक काफिला अपने धर्म की रक्षा के लिए पश्चिमोत्तर के पर्वत-प्रदेश से भागा चला आ रहा था। मुद्दतों से इस प्रांत में हिंदू और मुसलमान साथ-साथ रहते चले आये थे। धार्मिक द्वेष का नाम न था। पठानों के जिरगे हमेशा लड़ते रहते थे। उनकी तलवारों पर कभी जंग न लगने पाता था। बात-बात पर उनके दल संगठित हो जाते थे। शासन की कोई व्यवस्था न थी। हर एक जिरगे और कबीले की व्यवस्था अलग थी। आपस के झगड़ों को निपटाने का भी तलवार के सिवा और कोई साधन न था। जान का बदला जान था, खून का बदला खून; इस नियम में कोई अपवाद न था। यही उनका धर्म था, यही ईमान; मगर उस भीषण रक्तपात में भी हिंदू परिवार शांति से जीवन व्यतीत करते थे। पर एक महीने से देश की हालत बदल गयी है। एक मुल्ला ने न जाने कहां से आकर अनपढ़, धर्मशून्य पठानों में धर्म का भाव जाग्रत कर दिया? उसकी वाणी में कोई ऐसी मोहिनी है कि बूढ़े, जवान, स्त्री-पुरुष खिंचे चले आते हैं। वह शेरों की तरह गरज कर कहता है—खुदा ने तुम्हें इसलिए पैदा किया है कि दुनिया को इस्लाम की रोशनी से रोशन कर दो, दुनिया से कुफ्र का निशान मिटा दो। एक काफिर के दिल को इस्लाम के उजाले से रोशनी कर देने का सवाब सारी उम्र के रोजे, नमाज और जकात से कहीं ज्यादा है। जन्नत की हूरें तुम्हारी बलाएं लेंगी और फरिश्ते तुम्हारे कदमों की खाक माथे पर मलेंगे, खुदा तुम्हारी पेशानी पर बोसे देगा। और सारी जनता यह आवाज सुन कर मजहब के नारों से मतवाली हो जाती है। उसी धार्मिक उत्तेजना ने कुफ्र और इस्लाम का भेद उत्पन्न कर दिया है। प्रत्येक पठान जन्नत का सुख भोगने के लिए अधीर हो उठा है। उन्हीं हिंदुओं पर जो सदियों से शांति के साथ रहते थे, हमले होने लगे हैं। कहीं उनके मंदिर ढाये जाते हैं, कहीं उनके देवताओं को गालियां दी जाती हैं। कहीं उन्हें जबरदस्ती इस्लाम की शिक्षा दी जाती है। हिंदू संख्या में कम हैं, असंगठित हैं, बिखरे हुए हैं, इस नयी परिस्थिति के लिए बिल्कुल तैयार नहीं। उनके हाथ-पांव फूले हुए हैं, कितने ही तो अपनी जमा-जथा छोड़ कर भाग खड़े हुए हैं, कुछ इस आंधी के शांत हो जाने का अवसर देख रहे हैं। यह काफिला भी उन्हीं भागने वालों में था। दोपहर का समय था। आसमान से आग बरस रही थी। पहाड़ों से ज्वाला-सी निकल रही थी। वृक्ष का कहीं नाम न था। ये लोग राज-पथ से हटे हुए, पेचीदा औघट रास्तों से चले आ रहे थे। पग-पग पर पकड़ लिये जाने का

खटका लगा हुआ था। यहां तक कि भूख, प्यास और ताप से विकल होकर अंत को लोग एक उभरी हुई शिला की छांह में विश्राम करने लगे। सहसा कुछ दूर पर एक कुआं नजर आया। वहीं डेरे डाल दिये। भय लगा हुआ था कि जेहादियों का कोई दल पीछे से न आ रहा हो। दो युवकों ने बंदूक भर के कंधे पर रखी और चारों तरफ गश्त करने लगे। बूढ़े कम्बल बिछा कर कमर सीधी करने लगे। स्त्रियां बालकों को गोद से उतार कर माथे का पसीना पोंछने और बिखरे हुए केशों को संभालने लगीं। सभी के चेहरे मुरझाये हुए थे। सभी चिंता और भय से त्रस्त हो रहे थे, यहां तक कि बच्चे जोर से न रोते थे।

दोनों युवकों में एक लम्बा, गठीला रूपवान है। उसकी आंखों से अभिमान की रेखाएं-सी निकल रही हैं, मानो वह अपने सामने किसी की हकीकत नहीं समझता, मानो उसकी एक-एक गत पर आकाश के देवता जयघोष कर रहे हैं। दूसरा कद का दुबला-पतला, रूपहीन-सा आदमी है, जिसके चेहरे से दीनता झलक रही है, मानो उसके लिए संसार में कोई आशा नहीं, मानो वह दीपक की भांति रो-रो कर जीवन व्यतीत करने ही के लिए बनाया गया है। उसका नाम धर्मदास है; इसका खज़ांचन्द।

धर्मदास ने बंदूक को जमीन पर टिका कर एक चट्टान पर बैठते हुए कहा—तुमने अपने लिए क्या सोचा? कोई लाख-सवा लाख की सम्पत्ति रही होगी तुम्हारी?

खज़ांचन्द ने उदासीन भाव से उत्तर दिया—लाख-सवा लाख की तो नहीं, हां पचास-साठ हजार तो नकद ही थे।

'तो अब क्या करोगे?'

'जो कुछ सिर पर आयेगा, झेलूंगा! रावलपिंडी में दो-चार सम्बन्धी हैं, शायद कुछ मदद करें। तुमने क्या सोचा है?'

'मुझे क्या गम! अपने दोनों हाथ अपने साथ हैं। वहां इन्हीं का सहारा था, आगे भी इन्हीं का सहारा है।'

'आज और कुशल से बीत जाय तो फिर कोई भय नहीं।'

'मैं तो मना रहा हूं कि एकाध शिकार मिल जाय। एक दर्जन भी आ जायें तो भून कर रख दूंगा।'

इतने में चट्टानों के नीचे से एक युवती हाथ में लोटा-डोर लिए निकली और सामने कुएं की ओर चली। प्रभात की सुनहरी, मधुर, अरुणिमा मूर्तिमान हो गयी थी। दोनों युवक उसकी ओर बढ़े लेकिन खज़ांचन्द तो दो-चार कदम चल कर रुक गया। धर्मदास ने युवती के हाथ से लोटा-डोर ले लिया और खज़ांचंद की ओर सगर्व नेत्रों से ताकता हुआ कुएं की ओर चला। खज़ांचंद ने फिर बंदूक संभाली और अपनी झेंप मिटाने के लिए आकाश की ओर ताकने लगा।

इसी तरह कितनी ही बार धर्मदास के हाथों पराजित हो चुका था। शायद उसे

इसका अभ्यास हो गया था। अब इसमें लेशमात्र भी संदेह न था कि श्यामा का प्रेमपात्र धर्मदास है। खज़ांचंद की सारी सम्पत्ति धर्मदास के रूप-वैभव के आगे तुच्छ थी। परोक्ष ही नहीं, प्रत्यक्ष रूप से भी श्यामा कई बार खज़ांचंद को हताश कर चुकी थी; पर वह अभागा निराश होकर भी न जाने क्यों उस पर प्राण देता था। तीनों एक ही बस्ती के रहने वाले थे। श्यामा के माता-पिता पहले ही मर चुके थे। उसकी बुआ ने उसका पालन-पोषण किया था। अब भी वह बुआ ही के साथ रहती थी। उसकी अभिलाषा थी कि खज़ांचंद उसका दामाद हो, श्यामा सुख से रहे और उसे भी जीवन के अंतिम दिनों के लिए कुछ सहारा हो जाय; लेकिन श्यामा धर्मदास पर रीझी हुई थी। उसे क्या खबर थी कि जिस व्यक्ति को वह पैरों से ठुकरा रही है, वही उसका एकमात्र अवलम्ब है। खज़ांचंद ही वृद्धा का मुनीम, खजांची, कारिंदा सब कुछ था और यह जानते हुए भी कि श्यामा उसे जीवन में नहीं मिल सकती। उनके धन का यह उपयोग न होता, तो वह शायद अब तक उसे लुटा कर फकीर हो जाता।

धर्मदास पानी लेकर लौट ही रहा था कि उसे पश्चिम की ओर से कई आदमी घोड़ों पर सवार आते दिखायी दिये। जरा और समीप आने पर मालूम हुआ कि कुल पांच आदमी हैं। उनकी बंदूक की नलियां धूप में साफ चमक रही थीं। धर्मदास पानी लिए हुए दौड़ा कि कहीं रास्ते ही में सवार उसे न पकड़ लें। लेकिन कंधे पर बंदूक और एक हाथ में लोटा-डोर लिए वह बहुत तेज न दौड़ सकता था। फासला दो सौ गज से कम न था। रास्ते में पत्थरों के ढेर टूटे-फूटे पड़े हुए थे। भय होता था कि कहीं ठोकर न लग जाय, कहीं पैर न फिसल जायें। इधर सवार प्रतिक्षण समीप होते जाते थे। अरबी घोड़ों से उसका मुकाबले ही क्या, उस पर मंजिलों का धावा हुआ। मुश्किल से पचास कदम गया होगा कि सवार उसके सिर पर आ पहुंचे और तुरंत उसे घेर लिया। धर्मदास बड़ा साहसी था; पर मृत्यु को सामने खड़ी देख कर उसकी आंखों में अंधेरा छा गया, उसके हाथ से बंदूक छूट कर गिर पड़ी। पांचों उसी के गांव के महसूदी पठान थे। एक पठान ने कहा—उड़ा दो सिर मरदूद का। दगाबाज़ काफिर।

दूसरा—नहीं, नहीं, ठहरो अगर यह इस वक्त भी इस्लाम कबूल कर ले, तो हम इसे मुआफ कर सकते हैं। क्यों धर्मदास तुम्हें इस दगा की क्या सजा दी जाय? हमने तुम्हें रात-भर का वक्त फैसला करने के लिए दिया था। मगर तुम इसी वक्त जहन्नुम पहुंचा दिये जाओ; लेकिन हम तुम्हें फिर मौका देते हैं। यह आखिरी मौका है। अगर तुमने अब भी इस्लाम न कबूल किया, तो तुम्हें दिन की रोशनी देखनी नसीब न होगी।

धर्मदास ने हिचकिचाते हुए कहा—जिस बात को अक्ल नहीं मानती उसे कैसे....

पहले सवार ने आवेश में आकर कहा—मजहब का अक्ल से कोई वास्ता नहीं।

तीसरा—कुफ्र है! कुफ्र है!

पहला—उड़ा दो सिर मरदूद का, धुआं इस पार।

दूसरा—ठहरो-ठहरो, मार डालना मुश्किल नहीं, जिला लेना मुश्किल है। तुम्हारे और साथी कहां है धर्मदास?

धर्मदास—सब मेरे साथ ही हैं।

दूसरा—कलामे शरीफ की कसम; अगर तुम सब खुदा और उनके रसूल पर ईमान लाओ, तो कोई तुम्हें तेज निगाहों से देख भी न सकेगा।

धर्मदास—आप लोग सोचने के लिए और कुछ मौका न देंगे।

इस पर चारों सवार चिल्ला उठे—नहीं, नहीं, हम तुम्हें न जाने देंगे, यह आखिरी मौका है।

इतना कहते ही पहले सवार ने बंदूक छतिया ली और नली धर्मदास की छाती की ओर करके बोला—बस बोलो, क्या मंजूर है?

धर्मदास सिर से पैर तक कांप कर बोला—अगर मैं इस्लाम कबूल कर लूं, तो मेरे साथियों को तो कोई तकलीफ न दी जायेगी?

दूसरा—हां, अगर तुम जमानत करो कि वे भी इस्लाम कबूल कर लेंगे।

पहला—हम इस शर्त को नहीं मानते। तुम्हारे साथियों से हम खुद निपट लेंगे। तुम अपनी कहो, क्या चाहते हो? हां या नहीं?

धर्मदास ने जहर का घूंट पी कर कहा—मैं खुदा पर ईमान लाता हूं।

पांचों ने एक स्वर में कहा—अलहमद व लिल्लाह! और बारी-बारी से धर्मदास को गले लगाया।

श्यामा हृदय को दोनों हाथों से थामे यह दृश्य देख रही थी। वह मन में पछता रही थी कि मैंने क्यों इन्हें पानी लाने भेजा? अगर मालूम होता कि विधि यों धोखा देगी, तो मैं प्यासी मर जाती, पर इन्हें न जाने देती। श्यामा से कुछ दूर खज़ांचंद भी खड़ा था। श्यामा ने उसकी ओर क्षुब्ध नेत्रों से देख कर कहा—अब इनकी जान बचती नहीं मालूम होती।

खज़ांचंद—बंदूक भी हाथ से छूट पड़ी है।

श्यामा—न जाने क्या बातें हो रही हैं। अरे गज़ब दुष्ट ने उनकी ओर बंदूक तानी है!

खज़ां.—जरा और समीप आ जायें, तो मैं बंदूक चलाऊं। इतनी दूर की मार इसमें नहीं है।

श्यामा—अरे! देखो वे सब धर्मदास को गले लगा रहे हैं। यह माजरा क्या है?

खजां.—कुछ समझ में नहीं आता।

श्यामा—कहीं इसने कलमा तो नहीं पढ़ लिया?

खजां.—नहीं, ऐसा क्या होगा, धर्मदास से मुझे ऐसी आशा नहीं है।

श्यामा—मैं समझ गयी। ठीक यहॅं बात है। बंदूक चलाओ।

खजां.—धर्मदास बीच में हैं। कहीं उन्हें न लग जाय।

श्यामा—कोई हर्ज नहीं। मैं चाहती हूं पहला निशाना धर्मदास पर ही पड़े। कायर! निर्लज्ज! प्राणों के लिए धर्म त्याग किया। ऐसी बेहयाई की जिंदगी से मर जाना कहीं अच्छा है। क्या सोचते हो। क्या तुम्हारे हाथ-पांव फूल गये। लाओ, बंदूक मुझे दे दो। मैं इस कायर को अपने हाथों से मारूंगी।

खजां.—मुझे तो विश्वास नहीं होता कि धर्मदास......।

श्यामा—तुम्हें कभी विश्वास न आयेगा। लाओ, बंदूक मुझे दो। खड़े ताकते हो। क्या जब वे सिर पर आ जायेंगे, तब बंदूक चलाओगे? क्या तुम्हें भी यह मंजूर है कि मुसलमान होकर जान बचाओ? अच्छी बात है, जाओ। श्यामा अपनी रक्षा आप कर सकती है। मगर उसे अब मुंह न दिखाना।

खजांचंद ने बंदूक चलायी। एक सवार की पगड़ी को उड़ाती हुई निकल गयी। जिहादियों ने 'अल्लाहो अकबर!' की हांक लगायी। दूसरी गोली चली और घोड़े की छाती पर बैठी। घोड़ा वहीं गिर पड़ा। जिहादियों ने फिर 'अल्लाहो अकबर!' की सदा लगायी और आगे बढ़े। तीसरी गोली आयी। एक पठान लोट गया, पर इसके पहले कि चौथी गोली छूटे, पठान खज़ांचंद के सिर पर पहुंच गये और बंदूक उसके हाथ से छीन ली।

एक सवार ने खज़ांचंद की ओर बंदूक तान कर कहा—उड़ा दूं सिर मरदूद का? इससे खून का बदला लेना है।

दूसरे सवार ने जो इनका सरदार मालूम होता था, कहा—नहीं-नहीं, यह दिलेर आदमी है। खज़ांचंद, तुम्हारे ऊपर दगा, खून और कुफ्र, ये तीन इल्जाम हैं और तुम्हें कत्ल कर देना ऐन सवाब है, लेकिन हम तुम्हें एक मौका और देते हैं। अगर तुम अब भी खुदा और रसूल पर ईमान लाओ, तो हम तुम्हें सीने से लगाने को तैयार हैं। इसके सिवा तुम्हारे गुनाहों का और कोई कफारा (प्रायश्चित) नहीं है। यह हमारा आखिरी फैसला है। बोलो, क्या मंजूर है?

चारों पठानों ने कमर से तलवारें निकाल लीं और उन्हें खज़ांचंद के सिर पर तान दिया मानो 'नहीं' का शब्द मुंह से निकलते ही चारों तलवारें इसकी गर्दन पर चल जायेंगी।

खज़ांचंद का मुखमंडल विलक्षण तेज से आलोकित हो उठा। उसकी दोनों आंखें स्वर्गीय ज्योति से चमकने लगीं। दृढ़ता से बोला—तुम एक हिन्दू से यह प्रश्न कर रहे हो? क्या तुम समझते हो कि जान के खौफ से वह अपना ईमान बेच डालेगा? हिंदू को अपने ईश्वर तक पहुंचने के लिए किसी नबी, वली या पैगम्बर की जरूरत नहीं!

चारों पठानों ने कहा—काफिर! काफिर!

खजां.—अगर तुम मुझे काफिर समझते हो तो समझो। मैं अपने को तुमसे

ज्यादा खुदापरस्त समझता हूं। मैं उस धर्म को मानता हूं, जिसकी बुनियाद अक्ल पर है। आदमी में अक्ल ही खुदा का नूर (प्रकाश) है। और हमारा ईमान हमारी अक्ल....

चारों पठानों के मुंह से निकला 'काफिर! काफिर!' और चारों तलवारें एक साथ खज़ांचंद की गर्दन पर गिर पड़ीं। लाश जमीन पर फड़कने लगी। धर्मदास सिर झुकाये खड़ा रहा। वह दिल में बहुत खुश था कि अब खज़ांचंद की सारी सम्पत्ति उसके हाथ लगेगी और वह श्यामा के साथ सुख से रहेगा; पर विधाता को कुछ और भी मंजूर था। श्यामा अब तक मर्माहत-सी खड़ी यह दृश्य देख रही थी। ज्योंही खजांचंद की लाश जमीन पर गिरी, वह झपट कर लाश के पास आयी और उसे गोद में लेकर आंचल से रक्त-प्रवाह को रोकने की चेष्टा करने लगी। उसके सारे कपड़े खून से तर हो गये। उसने बड़ी सुंदर बेल-बूटों वाली साड़ियां पहनी होंगी, पर इस रक्त-रंजित साड़ी की शोभा अतुलनीय थी। बेल-बूटों वाली साड़ियां रूप की शोभा बढ़ाती थी, यह रक्त-रंजित साड़ी आत्मा की छवि दिखा रही थीं।

ऐसा जान पड़ा, मानो खज़ांचंद की बुझती आंखें एक अलौकिक ज्योति से प्रकाशमान हो गयी हैं। उन नेत्रों में कितना संतोष, कितनी तृप्ति, कितनी उत्कंठा भरी हुई थी। जीवन में जिसने प्रेम की भिक्षा भी न पायी, वह मरने पर उत्सर्ग जैसे स्वर्गीय रत्न का स्वामी बना हुआ था।

धर्मदास ने श्यामा का हाथ पकड़कर कहा—श्यामा, होश में आओ, तुम्हारे सारे कपड़े खून से तर हो गये हैं। अब रोने से क्या हासिल होगा? ये लोग हमारे मित्र हैं, हमें कोई कष्ट न देंगे। हम फिर अपने घर चलेंगे और जीवन के सुख भोगेंगे?

श्यामा ने तिरस्कारपूर्ण नेत्रों से देख कर कहा—तुम्हें अपना घर बहुत प्यारा है, तो जाओ। मेरी चिंता मत करो, मैं अब न जाऊंगी। हां, अगर अब भी मुझसे कुछ प्रेम हो तो इन लोगों से इन्हीं तलवारों से मेरा भी अंत करा दो।

धर्मदास करुणा-कातर स्वर से बोला—श्यामा, यह तुम क्या कहती हो, तुम भूल गयीं कि हमसे-तुमसे क्या बातें हुई थीं? मुझे खुद खज़ांचंद के मारे जाने का शोक है; पर भावी को कौन टाल सकता है?

श्यामा—अगर यह भावी थी, तो यह भी भावी है कि मैं अपना अधम जीवन उस पवित्र आत्मा के शोक में काटूं, जिसका मैंने सदैव निरादर किया। यह कहते-कहते श्यामा का शोकोद्‌गार, जो अब तक क्रोध और घृणा के नीचे दबा हुआ था, उबल पड़ा और वह खज़ांचंद के निस्पंद हाथों को अपने गले में डाल कर रोने लगी।

चारों पठान यह अलौकिक अनुराग और आत्म-समर्पण देखकर करुणार्द्र हो गये। सरदार ने धर्मदास से कहा—तुम इस पाकीजा खातून से कहो, हमारे साथ

चले। हमारी जाति से इसे कोई तकलीफ न होगी। हम इसकी दिल से इज्जत करेंगे।

धर्मदास के हृदय में ईर्ष्या की आग धधक रही थी। वह रमणी, जिसे वह अपनी समझे बैठा था, इस वक्त उसका मुंह भी नहीं देखना चाहती थी। बोला—श्यामा, तुम चाहो तो इस लाश पर आंसुओं की नदी बहा दो, पर यह जिंदा न होगी। यहां से चलने की तैयारी करो। मैं साथ के और लोगों को भी जाकर समझाता हूं। खान लोग हमारी रक्षा करने का जिम्मा ले रहे हैं। हमारी जायदाद, जमीन, दौलत सब हमको मिल जायेगी। खज़ांचंद की दौलत के भी हमीं मालिक होंगे। अब देर न करो। रोने-धोने से अब कुछ हासिल नहीं।

श्यामा ने धर्मदास को आग्नेय नेत्रों से देखकर कहा—और इस वापसी की कीमत क्या देनी होगी? वही जो तुमने दी है?

धर्मदास यह व्यंग्य न समझ सका। बोला—मैंने तो कोई कीमत नहीं दी। मेरे पास था ही क्या?

श्यामा—ऐसा न कहो। तुम्हारे पास वह खजाना था, जो तुम्हें आज कई लाख वर्ष हुए ऋषियों ने प्रदान किया था, जिसकी रक्षा रघु और मनु, राम और कृष्ण, बुद्ध और शंकर, शिवाजी और गोविन्दसिंह ने की थी। उस अमूल्य भंडार को आज तुमने तुच्छ प्राणों के लिए खो दिया। इन पांवों पर लोटना तुम्हें मुबारक हो! तुम शौक से जाओ। जिन तलवारों ने वीर खज़ांचंद के जीवन का अंत किया, उन्होंने मेरे प्रेम का भी फैसला कर दिया। जीवन में इस वीरात्मा का मैंने जो निरादर और अपमान किया, उसके साथ जो उदासीनता दिखायी उसका अब मरने के बाद प्रायश्चित करूंगी। यह धर्म पर मरने वाला वीर था, धर्म को बेचने वाला कायर नहीं! अगर तुममें अब भी कुछ शर्म और हया है, तो इसका क्रिया-कर्म करने में मेरी मदद करो और यदि तुम्हारे स्वामियों को यह भी पसंद न हो, तो रहने दो, मैं सब कुछ कर लूंगी।

पठानों के हृदय दर्द से तड़प उठे। धर्मान्धता का प्रकोप शांत हो गया। देखते-देखते वहां लकड़ियों का ढेर लग गया। धर्मदास ग्लानि से सिर झुकाये बैठा था और चारों पठान लकड़ियां काट रहे थे। चिता तैयार हुई और जिन निर्दय हाथों ने खज़ांचंद की जान ली थी उन्हीं ने उसके शव को चिता पर रखा। ज्वाला प्रचंड हुई। अग्निदेव अपने अग्निमुख से उस धर्मवीर का यश गा रहे थे।

❑❑

पठानों ने खजांचंद की सारी जंगम सम्पत्ति लाकर श्यामा को दे दी। श्यामा ने वहीं एक छोटा-सा मकान बनवाया और वीर खज़ांचंद की उपासना में जीवन के दिन काटने लगी। उसकी वृद्धा बुआ तो उसके साथ रह गयी और सब लोग पठानों के साथ लौट गये, क्योंकि अब मुसलमान होने की शर्त न थी। खज़ांचंद के बलिदान ने धर्म के भूत को परास्त कर दिया। मगर धर्मदास को पठानों ने इस्लाम की दीक्षा लेने पर मजबूर किया। एक दिन नियत किया गया। मसजिद

में मुल्लाओं का मेला लगा और लोग धर्मदास को उसके घर से बुलाने आये तो उसका वहां पता न था। चारों तरफ तलाश हुई। कहीं निशान न मिला।

साल-भर गुजर गया। संध्या का समय था। श्यामा अपने झोंपड़े के सामने बैठी भविष्य की मधुर कल्पनाओं में मग्न थी। अतीत उसके लिए दु:ख से भरा हुआ था। वर्तमान केवल एक निराशमय स्वप्न था। सारी अभिलाषाएं भविष्य पर अवलम्बित थीं। और भविष्य भी वह, जिसका इस जीवन से कोई सम्बन्ध न था! आकाश पर लालिमा छायी हुई थी। सामने की पर्वतमाला स्वर्णमयी शांति के आवरणों से ढकी हुई थी। वृक्षों की कांपती हुई पत्तियों से सरसराहट की आवाज निकल रही थी, मानो कोई वियोगी आत्मा पत्तियों पर बैठी हुई सिसकियां भर रही हो।

उसी वक्त एक भिखारी फटे हुए कपड़े पहने झोंपड़ी के सामने खड़ा हो गया। कुत्ता जोर से भूंक उठा। श्यामा ने चौंक कर देखा और चिल्ला उठी—धर्मदास!

धर्मदास ने वहीं जमीन पर बैठते हुए कहा—हां श्यामा, मैं अभागा धर्मदास ही हूं। साल-भर से मारा-मारा फिर रहा हूं। मुझे खोज निकालने के लिए इनाम रख दिया गया है। सारा प्रांत मेरे पीछे पड़ा हुआ है। इस जीवन से अब ऊब उठा हूं, पर मौत भी नहीं आती।

धर्मदास एक क्षण के लिए चुप हो गया। फिर बोला—क्यों श्यामा, क्या अभी तुम्हारा हृदय मेरी तरफ से साफ नहीं हुआ! तुमने मेरा अपराध क्षमा नहीं किया!

श्यामा ने उदासीन भाव से कहा—मैं तुम्हारा मतलब नहीं समझी।

'मैं अब भी हिंदू हूं। मैंने इस्लाम नहीं कबूल किया है।'

'जानती हूं।'

'यह जान कर भी तुम्हें मुझ पर दया नहीं आती!'

श्यामा ने कठोर नेत्रों से देखा और उतेजित्त होकर बोली—तुम्हें अपने मुंह से ऐसी बातें निकालते शर्म नहीं आती! मैं उस खजांचंद की ब्याहता हूं, जिसने हिंदू-जाति का मुख उज्ज्वल किया है। तुम समझते हो कि वह मर गया! यह तुम्हारा भ्रम है। वह अमर है। मैं इस समय भी उसे स्वर्ग में बैठा देख रही हूं। तुमने हिंदू-जाति को कलंकित किया है। मेरे सामने से दूर हो जाओ।

धर्मदास ने कुछ जवाब न दिया! चुपके से उठा, एक लम्बी सांस ली और एक तरफ चल दिया।

प्रात:काल श्यामा पानी भरने जा रही थी, तब उसने रास्ते में एक लाश पड़ी हुई देखी। दो-चार गिद्ध उस पर मंडरा रहे थे। उसका हृदय धड़कने लगा। समीप जाकर देखा और पहचान गयी। यह धर्मदास की लाश थी।

●●●

सौभाग्य के कोड़े

लड़के क्या अमीर के हों, क्या गरीब के, विनोदशील हुआ ही करते हैं। उनकी चंचलता बहुधा इनकी दशा और स्थिति की परवा नहीं करती। नथुवा के मां-बाप दोनों मर चुके थे, अनाथों की भांति वह राय साहब भोलानाथ के द्वार पर पड़ा रहता था। रायसाहब दयाशील पुरुष थे। कभी-कभी एक-आधा पैसा दे देते, खाने को भी घर में इतना जूठा बचता था कि ऐसे-ऐसे कई अनाथ अफर सकते थे, पहनने को भी उनके लड़कों के उतारे मिल जाते थे, इसलिए नथुवा अनाथ होने पर भी दुखी नहीं था। रायसाहब ने उसे एक ईसाई के पंजे से छुड़ाया था। इन्हें इसकी परवा न हुई कि मिशन में उसकी शिक्षा होगी, आराम से रहेगा; उन्हें यह मंजूर था कि वह हिन्दू रहे। अपने घर के जूठे भोजन को वह मिशन के भोजन से कहीं पवित्र समझते थे। उनके कमरों की सफाई मिशन पाठशाला की पढ़ाई से कहीं बढ़कर थी। हिंदू रहे, चाहे जिस दशा में रहे। ईसाई हुआ तो फिर सदा के लिए हाथ से निकल गया।

नथुवा को बस रायसाहब के बंगले में झाड़ू लगा देने के सिवाय और कोई काम न था। भोजन करके खेलता-फिरता था। कर्मानुसार ही उसकी वर्णव्यवस्था भी हो गयी। घर के अन्य नौकर-चाकर उसे भंगी कहते थे और नथुवा को इसमें कोई एतराज न होता था। नाम का स्थिति पर क्या असर पड़ सकता है, इसकी उस गरीब को कुछ खबर न थी। भंगी बनने में कुछ हानि भी न थी। उसे झाड़ू देते समय कभी पैसे पड़े मिल जाते, कभी और कोई चीज़। इससे वह सिगरेट लिया करता था। नौकरों के साथ उठने-बैठने से उसे बचपन ही में तम्बाकू, सिगरेट और पान खाने का चस्का पड़ गया।

रायसाहब के घर में यों तो बालकों और बालिकाओं की कमी न थी, दरजनों भांजे-भतीजे पड़े रहते थे; पर उनकी निज की संतान केवल एक पुत्री थी, जिसका नाम रत्ना था। रत्ना को पढ़ाने को दो मास्टर थे, एक मेमसाहब अंग्रेजी पढ़ाने आया करती थीं। रायसाहब की यह हार्दिक अभिलाषा थी कि रत्ना सर्वगुण आगरी हो और जिस घर में जाय, उसकी लक्ष्मी बने। वह उसे अन्य बालकों के साथ न रहने देते। उसके लिए अपने बंगले में दो कमरे अलग कर दिये थे; एक पढ़ने के लिए, दूसरा सोने के लिए। लोग कहते हैं, लाड़-प्यार से बच्चे जिद्दी और

सरीर हो जाते हैं। रत्ना इतने लाड़-प्यार पर भी बड़ी सुशील बालिका थी। किसी नौकर को 'रे' न पुकारती, किसी भिखारी तक को न दुत्कारती। नथुवा को वह पैसे, मिठाइयां दे दिया करती थी। कभी-कभी उससे बातें भी किया करती थी। इससे वह लौंडा उसके मुंह लग गया था।

एक दिन नथुवा रत्ना के सोने के कमरे में झाड़ू लगा रहा था। रत्ना दूसरे कमरे में मेमसाहब से अंग्रेजी पढ़ रही थी। नथुवा की शामत जो आयी तो झाड़ू लगाते-लगाते उसके मन में यह इच्छा हुई कि रत्ना के पलंग पर सोऊं; कैसी उजली चादर बिछी हुई है, गद्दा कितना नरम और मोटा है, कैसा सुन्दर दुशाला है! रत्ना इस गद्दे पर कितने आराम से सोती है, जैसे चिड़िया के बच्चे घोंसले में। तभी तो रत्ना के हाथ इतने गोरे और कोमल हैं, मालूम होता है, देह में रुई भरी हुई है। यहां कौन देखता है। यह सोचकर उसने पैर फर्श पर पोंछे और चटपट पलंग पर आकर लेट गया और दुशाला ओढ़ लिया। गर्व और आनंद से उसका हृदय पुलकित हो गया। वह मारे खुशी के दो-तीन बार पलंग पर उछल पड़ा। उसे ऐसा मालूम हो रहा था, मानो मैं रुई में लेटा हूं। जिधर करवट लेता था, देह अंगुल भर नीचे धंस जाती थी। वह स्वर्गीय सुख मुझे कहां नसीब! मुझे भगवान् ने रायसाहब का बेटा क्यों न बनाया? सुख का अनुभव होते ही उसे अपनी दशा का वास्तविक ज्ञान हुआ और चित्त क्षुब्ध हो गया। एकाएक रायसाहब किसी ज़रूरत से कमरे में आये तो नथुवा को रत्ना के पलंग पर लेटे देखा। मारे क्रोध के जल उठे। बोले—क्यों बे सुअर, तू यह क्या कर रहा है?

नथुवा ऐसा घबराया मानो नदी में पैर फिसल पड़े हों। चारपाई से कूदकर अलग खड़ा हो गया और फिर झाड़ू हाथ में ले ली।

रायसाहब ने फिर पूछा—यह क्या कर रहा था, बे?

नथुवा—कुछ तो नहीं सरकार!

रायसाहब—अब तेरी इतनी हिम्मत हो गयी कि रत्ना की चारपाई पर सोये? नमकहराम कहीं का! लाना मेरा हंटर।

हंटर मंगवाकर रायसाहब ने नथुवा को खूब पीटा। बेचारा हाथ जोड़ता था, पैरों पड़ता था, मगर रायसाहब का क्रोध शांत होने का नाम न लेता था। सब नौकर जमा हो गये और नथुवा के जले पर नमक छिड़कने लगे। रायसाहब का क्रोध और भी चढ़ा। हंटर हाथ से फेंककर ठोकरों से मारने लगे। रत्ना ने यह रोना सुना तो दौड़ी हुई आयी और यह समाचार सुनकर बोली—दादाजी बेचारा मर जायेगा; अब इस पर दया कीजिए।

रायसाहब—मर जायेगा, उठवाकर फेंकवा दूंगा। इस बदमाशी का मज़ा तो मिल जायेगा।

रत्ना—मेरी ही चारपाई थी न, मैं उसे क्षमा करती हूं।

रायसाहब—ज़रा देखो तो अपनी चारपाई की गत। पाजी के बदन की मैल भर गयी होगी। भला, इसे सूझी क्या? क्यों बे, तुझे सूझी क्या?

यह कहकर रायसाहब फिर लपके; मगर नथुवा आकर रत्ना के पीछे दुबक गया। इसके सिवा और कहीं शरण न थी। रत्ना ने रोककर कहा—दादाजी, मेरे कहने से अब इसका अपराध क्षमा कीजिए।

रायसाहब—क्या कहती हो रत्ना, ऐसे अपराधी कहीं क्षमा किये जाते हैं। खैर, तुम्हारे कहने से छोड़ देता हूं, नहीं तो आज जान लेकर छोड़ता। सुन बे, नथुवा, अपना भला चाहता है तो फिर यहां न आना, इसी दम निकल जा, सुअर, नालायक!

नथुवा प्राण छोड़कर भागा। पीछे फिर कर न देखा। सड़क पर पहुंचकर वह खड़ा हो गया। यहां रायसाहब उसका कुछ नहीं कर सकते थे। यहां सब लोग उनकी मुंहदेखी तो न कहेंगे। कोई तो कहेगा कि लड़का था, भूल ही हो गयी तो क्या प्राण ले लीजिएगा? यहां मारें तो देखूं, गाली देकर भागूंगा, फिर कौन मुझे पा सकता है। इस विचार से उसकी हिम्मत बंधी। बंगले की तरफ मुंह करके ज़ोर से बोला—यहां आओ तो देखें, और फिर भागा कि कहीं रायसाहब ने सुन न लिया हो।

नथुवा थोड़ी ही दूर गया था कि रत्ना की मेम साहब अपने टमटम पर सवार आती हुई दिखायी दीं। उसने समझा, शायद मुझे पकड़ने आ रही हैं। फिर भागा, किंतु जब पैरों में दौड़ने की शक्ति न रही तो खड़ा हो गया। उसके मन ने कहा, वह मेरा क्या कर लेंगी, मैंने उनका कुछ बिगाड़ा है? एक क्षण में मेम साहब आ पहुंची और टमटम रोककर बोलीं—नाथू, कहां जा रहे हो?

नथुवा—कहीं नहीं।

मेम.—रायसाहब के यहां फिर जायेगा तो वह मारेंगे। क्यों नहीं मेरे साथ चलता। मिशन में आराम से रह। आदमी हो जायेगा।

नथुवा—किरस्तान तो न बनाओगी?

मेम.—किरस्तान क्या भंगी से भी बुरा है, पागल!

नथुवा—न भैया, किरस्तान न बनूंगा।

मेम.—तेरा जी चाहे न बनना, कोई ज़बरदस्ती थोड़े ही बना देगा।

नथुवा थोड़ी देर तक टमटम के साथ चला; पर उसके मन में संशय बना हुआ था। सहसा वह उतर गया। मेम साहब ने पूछा—क्यों चलता क्यों नहीं?

नथुवा—मैंने सुना है, मिशन में जो कोई जाता है किरस्तान हो जाता है। मैं न जाऊंगा। आप झांसा देती हैं।

मेम.—अरे पागल, वहां तुझे पढ़ाया जायेगा, किसी की चाकरी न करनी

पड़ेगी। शाम को खेलने की छुट्टी मिलेगी। कोट-पतलून पहनने को मिलेगी। चल के दो-चार दिन देख तो ले।

नथुवा ने इस प्रलोभन का उत्तर न दिया। एक गली से होकर भागा। जब टमटम दूर निकल गया तो वह निश्िंचत होकर सोचने लगा—जाऊं? कहीं कोई सिपाही पकड़कर थाने न ले जाय। मेरी बिरादरी के लोग तो वहां रहते हैं। क्या वह मुझे अपने घर रखेंगे। कौन बैठकर खाऊंगा, काम तो करूंगा। बस, किसी की पीठ पर रहना चाहिए। आज कोई मेरी पीठ पर होता तो मजाल थी कि रायसाहब मुझे यों मारते। सारी बिरादरी जमा हो जाती, घेर लेती, घर की सफाई बंद हो जाती, कोई द्वार पर झाड़ू तक न लगाता। सारी रायसाहबी निकल जाती। यह निश्चय करके वह घूमता-घामता भंगियों के मुहल्ले में पहुंचा। शाम हो गयी थी, कई भंगी एक पेड़ के नीचे चटाइयों पर बैठ शहनाई और तबला बजा रहे थे। वह नित्य इसका अभ्यास करते थे। यह उनकी जीविका थी। गान-विद्या की यहां जितनी छीछालेदर हुई है, उतनी और कहीं न हुई होगी! नथुवा जाकर वहां खड़ा हो गया। उसे बहुत ध्यान से सुनते देखकर एक भंगी ने पूछा—कुछ गाता है?

नथुवा—अभी तो नहीं गाता; पर सिखा दोगे तो गाने लगूंगा।

भंगी—बहाना मत कर बैठ; कुछ गाकर सुना, मालूम तो हो कि तेरा गला भी है या नहीं, गला ही न होगा तो क्या कोई सिखायेगा।

नथुवा मामूली बाज़ार के लड़कों की तरह कुछ-न-कुछ गाना जानता ही था, रास्ता चलता तो कुछ-न-कुछ गाने लगता था। तुरंत गाने लगा। उस्ताद ने सुना। जौहरी था, समझ गया यह कांच का टुकड़ा नहीं। बोला—कहां रहता है?

नथुवा ने अपनी रामकहानी सुनायी, परिचय हो गया। उसे आश्रय मिल गया और विकास का वह अवसर मिल गया, जिसने उसे भूमि से आकाश पर पहुंचा दिया।

तीन साल उड़ गये, नथुवा के गाने की सारे शहर में धूम मच गयी। और वह केवल एक गुणी नहीं, सर्वगुणी था; गाना, शहनाई बजाना, पखावज, सारंगी, तम्बूरा, सितार—सभी कलाओं में दक्ष हो गया। उस्तादों को भी उसकी चमत्कारिक बुद्धि पर आश्चर्य होता था। ऐसा मालूम होता था कि उसने पहले की पढ़ी हुई विद्या दुहरा ली है। लोग दस-दस सालों तक सितार बजाना सीखते रहते हैं और नहीं आता, नथुवा को एक महीने में उसके तारों का ज्ञान हो गया। ऐसे कितने ही रत्न पड़े हुए हैं, जो किसी पारखी से भेंट न होने के कारण मिट्टी में मिल जाते हैं।

संयोग से इन्हीं दिनों ग्वालियर में एक संगीत-सम्मेलन हुआ। देश-देशांतरों

से संगीत के आचार्य निमंत्रित हुए। उस्ताद घूरे को भी नेवता मिला। नथुवा इन्हीं का शिष्य था। उस्ताद ग्वालियर चले तो नाथू को भी साथ लेते गये। एक सप्ताह तक ग्वालियर में बड़ी धूमधाम रही। नाथूराम ने वहां खूब नाम कमाया। उसे सोने का तमगा इनाम मिला। ग्वालियर के संगीत विद्यालय के अध्यक्ष ने उस्ताद घूरे से आग्रह किया नाथूराम को संगीत विद्यालय में दाखिल करा दो। यहां संगीत के साथ उसकी शिक्षा भी हो जायेगी। घूरे को मानना पड़ा। नाथूराम भी राजी हो गया।

नाथूराम ने पांच वर्षों में विद्यालय की सर्वोच्च उपाधि प्राप्त कर ली। इसके साथ-साथ भाषा, गणित और विज्ञान में उसकी बुद्धि ने अपनी प्रखरता का परिचय दिया। अब वह समाज का भूषण था। कोई उससे न पूछता था, कौन जाति हो। उसका रहन-सहन, तौर-तरीका अब गायकों का-सा नहीं, शिक्षित समुदाय का-सा था। अपने सम्मान की रक्षा के लिए वह ऊंचे वर्णवालों का-सा आचरण रखने लगा। मदिरा-मांस त्याग दिया, नियमित रूप से संध्योपासना करने लगा। कोई कुलीन ब्राह्मण भी इतना आचार-विचार न करता होता। नाथूराम तो पहले ही उसका नाम हो चुका था। अब उसका कुछ और सुसंस्कार हुआ। वह ना. रा. आचार्य मशहूर हो गया। साधारणतः लोग 'आचार्य' ही कहा करते थे। राज्य-दरबार से उसे अच्छा वेतन मिलने लगा। 18 वर्ष की आयु में इतनी ख्याति बिरले ही किसी गुणी को नसीब होती है। लेकिन ख्याति-प्रेम वह प्यास है, जो कभी नहीं बुझती, वह अगस्त्य ऋषि की भांति सागर को पी कर भी शांत नहीं होती। महाशय आचार्य ने योरोप को प्रस्थान किया। वह पाश्चात्य संगीत पर भी अधिकृत होना चाहते थे। जर्मनी के सबसे बड़े संगीत-विद्यालय में दाखिल हो गये और पांच वर्षों के निरंतर परिश्रम और उद्योग के बाद आचार्य की पदवी लेकर इटली की सैर करते हुए ग्वालियर लौट आये और उसके एक ही सप्ताह के बाद मदन कम्पनी ने उन्हें तीन हज़ार रुपये मासिक वेतन पर अपनी शाखाओं का निरीक्षक नियुक्त किया। वह योरोप जाने के पहले ही हज़ारों रुपये जमा कर चुके थे। योरोप में भी ओपेराओं और नाट्यशालाओं में उनकी खूब आवभगत हुई। कभी-कभी एक दिन में इतनी आमदनी हो जाती थी, जितनी यहां के बड़े-से-बड़े गवैयों को बरसों में भी नहीं होती। लखनऊ से विशेष प्रेम होने के कारण उन्होंने वहीं निवास करने का निश्चय किया।

आचार्य महाशय लखनऊ पहुंचे तो उनका चित्त गद्गद हो गया। यहीं उनका बचपन बीता था, यहीं एक दिन वह अनाथ थे, यहीं गलियों में कनकौए लूटते फिरते थे, यहीं बाजारों में पैसे मांगते फिरते थे। आह! यहीं उन पर हंटरों की मार पड़ी थी, जिसके निशान अब तक बने थे। अब वह दाग उन्हें सौभाग्य की रेखाओं से भी प्रिय लगते। यथार्थ में यह कोड़े की मार उनके लिए शिव का वरदान थी।

रायसाहब के प्रति अब उनके दिल में क्रोध या प्रतिकार का लेशमात्र भी न था। उनकी बुराइयां भूल गयी थीं, भलाइयां याद रह गयी थीं; और रत्ना तो उन्हें दया और वात्सल्य की मूर्ति-सी याद आती। विपत्ति पुराने घावों को बढ़ाती है, सम्पत्ति उन्हें भर देती है! गाड़ी से उतरे तो छाती धड़क रही थी। 10 वर्ष का बालक 23 वर्ष का जवान, शिक्षित भद्र युवक हो गया था। उसकी मां भी उसे देखकर न कह सकती कि यही मेरा नथुवा है। लेकिन उनकी कायापलट की अपेक्षा नगर की कायापलट और भी विस्मयकारी थी। यह लखनऊ नहीं, कोई दूसरा ही नगर था।

स्टेशन से बाहर निकलते ही देखा कि शहर के कितने ही छोटे-बड़े आदमी उनका स्वागत करने को खड़े हैं। उनमें एक युवती रमणी थी, जो रत्ना से बहुत मिलती थी। लोगों ने उनसे हाथ मिलाया और रत्ना ने उनके गले में फूलों का हार डाल दिया। वह विदेश में भारत का नाम रोशन करने का पुरस्कार था। आचार्य के पैर डगमगाने लगे, ऐसा जान पड़ता था, अब नहीं खड़े रह सकते। यह वही रत्ना है। भोली-भाली बालिका ने सौन्दर्य, लज्जा, गर्व और विनय की देवी का रूप धारण कर लिया है। उसकी हिम्मत न पड़ी कि रत्ना की तरफ सीधी आंखों से देख सकें।

लोगों से हाथ मिलाने के बाद वह उस बंगले में आये जो उनके लिए पहले ही से सजाया गया था। उसको देखकर वे चौंक पड़े; यह वही बंगला था जहां रत्ना के साथ वह खेलते थे; सामान भी वही था, तसवीरें वही, कुर्सियां और मेज़ें वही, शीशे के आलात वही, यहां तक की फर्श भी वही था। उसके अंदर कदम रखते हुए आचार्य महाशय के हृदय में कुछ वही भाव जागृत हो रहे थे, जो किसी देवता के मंदिर में जाकर धर्मपरायण हिंदू के हृदय में होते हैं। वह रत्ना के शयनागार में पहुंचे तो उनके हृदय में ऐसी ऐंठन हुई कि आंसू बहने लगे—यह वही पलंग है, वही बिस्तर और वही फर्श! उन्होंने अधीर होकर पूछा—यह किसका बंगला है?

कम्पनी का मैनेजर साथ था, बोला—एक राय साहब भोलानाथ हैं, उन्हीं का है।

आचार्य—रायसाहब कहां गये?

मैनेजर—खुदा जाने कहां गये। यह बंगला कर्ज़ की इल्लत में नीलाम हो रहा था! मैंने देखा हमारे थियेटर से करीब है। अधिकारियों से खतोकिताबत की और इसे कम्पनी के नाम खरीद लिया, 40 हज़ार में यह बंगला सामान समेत लिया गया।

आचार्य—मुफ्त मिल गया, तुम्हें रायसाहब की कुछ खबर नहीं?

मैनेजर—सुना था कि कहीं तीर्थ करने गये थे, खुदा जाने लौटे या नहीं।

आचार्य महाशय जब शाम को सावधान होकर बैठे तो एक आदमी से पूछा—क्यों जी, उस्ताद घूरे का भी हाल जानते हो, उनका नाम बहुत सुना है।

आदमी ने सकरुण भाव से कहा—खुदाबंद, उनका हाल कुछ न पूछिए, शराब पी कर घर आ रहे थे, रास्ते में बेहोश होकर सड़क पर गिर पड़े। उधर से एक मोटर लारी आ रही थी। ड्राइवर ने देखा नहीं, लारी उनके ऊपर से निकल गयी। सुबह को लाश मिली। खुदाबंद, अपने फन में एक था, अब उनकी मौत से लखनऊ वीरान हो गया, अब ऐसा कोई नहीं रहा जिस पर लखनऊ को घमंड हो। नथुवा नाम के एक लड़के को उन्होंने कुछ सिखाया था और उससे हम लोगों को उम्मीद थी कि उस्ताद का नाम जिंदा रखेगा, पर वह यहां से ग्वालियर चला गया, फिर पता नहीं कि कहां गया।

आचार्य महाशय के प्राण सूखे जाते थे कि अब बात खुली, अब खुली, दम रुका हुआ था जैसे कोई तलवार लिये सिर पर खड़ा हो। बारे कुशल हुई, घड़ा चोट खाकर भी बच गया।

आचार्य महाशय उस घर में रहते थे, किन्तु उसी तरह जैसे कोई नयी बहू अपने ससुराल में रहे। उनके हृदय से पुराने संस्कार न मिटते थे। उनकी आत्मा इस यथार्थ को स्वीकार न करती कि अब यह मेरा घर है। वह ज़ोर से हंसते तो सहसा चौंक पड़ते। मित्रगण आकर शोर मचाते तो उन्हें एक अज्ञात शंका होती थी। लिखने-पढ़ने के कमरे में शायद वह सोते तो उन्हें रात-भर नींद न आती, यह ख्याल दिल में जमा हुआ था कि यह पढ़ने-लिखने का कमरा है। बहुत अच्छा होने पर भी वह पुराने सामान को बदल न सकते थे। और रत्ना के शयनागार को तो उन्होंने फिर कभी नहीं खोला। वह ज्यों-का-त्यों बंद पड़ा रहता था। उसके अंदर जाते हुए उनके पैर थरथराने लगते थे। उस पलंग पर सोने का ध्यान ही उन्हें नहीं आया।

लखनऊ में कई बार उन्होंने विश्वविद्यालय में अपने संगीत-नैपुण्य का चमत्कार दिखाया। किसी राजा-रईस के घर अब वह गाने न जाते थे, चाहे कोई उन्हें लाखों रुपये ही क्यों न दे; यह उनका प्रण था। लोग उनका अलौकिक गान सुनकर अलौकिक आनंद उठाते थे।

एक दिन प्रातःकाल आचार्य महाशय संध्या से उठे थे कि राय भोलानाथ उनसे मिलने आये। रत्ना भी उनके साथ थी। आचार्य महाशय पर रोब छा गया। बड़े-बड़े योरोपी थियेटरों में भी उनका हृदय इतना भयभीत न हुआ था। उन्होंने ज़मीन तक झुककर रायसाहब को सलाम दिया। भोलानाथ उनकी नम्रता से कुछ विस्मित-से हो गये। बहुत दिन हुए जब लोग उन्हें सलाम किया करते थे। अब तो जहां जाते थे, हंसी उड़ाई जाती थी। रत्ना भी लज्जित हो गयी। रायसाहब ने कातर नेत्रों से इधर-उधर देखकर कहा—आपको यह जगह तो पसन्द आयी होगी?

आचार्य—जी हां, इससे उत्तम स्थान की तो मैं कल्पना ही नहीं कर सकता।

भोलानाथ—यह मेरा ही बंगला है। मैंने ही इसे बनवाया और मैंने ही इसे बिगाड़ भी दिया।

रत्ना ने झेंपते हुए कहा—दादाजी, इन बातों से क्या फायदा?

भोलानाथ—फायदा नहीं है बेटी, नुकसान भी नहीं। सज्जनों से अपनी विपत्ति कहकर चित्त शांत होता है। महाशय, यह मेरा ही बंगला है, या यों कहिए कि था। 50 हज़ार सालाना इलाके से मिलते थे। पर कुछ आदमियों की संगत में मुझे सट्टे का चस्का पड़ गया। दो-तीन बार ताबड़-तोड़ बाजी हाथ आयी, हिम्मत खुल गयी, लाखों के वारे-न्यारे होने लगे, किन्तु एक ही घाटे में सारी कसर निकल गयी। बधिया बैठ गयी। सारी जायदाद खो बैठा। सोचिए, पच्चीस लाख का सौदा था। कौड़ी चित्त पड़ती तो आज इस बंगले का कुछ और ही ठाठ होता, नहीं तो अब पिछले दिनों की याद कर-करके हाथ मलता हूं। मेरी रत्ना को आपके गाने से बड़ा प्रेम है। जब देखो आप ही की चर्चा किया करती है। इसे मैंने बी. ए. तक पढ़ाया.......... ।

रत्ना का चेहरा शर्म से लाल हो गया। बोली—दादाजी, आचार्य महाशय मेरा हाल जानते हैं। उनको मेरे परिचय की ज़रूरत नहीं। महाशय, क्षमा कीजिएगा, पिताजी इस घाटे के कारण कुछ अव्यवस्थित चित्त-से हो गये हैं। वह आपसे यह प्रार्थना करने आये हैं कि यदि आपको कोई आपत्ति न हो तो वह कभी-कभी इस बंगले को देखने आया करें। इससे उनके आंसू पुंछ जायेंगे। उन्हें इस विचार से सन्तोष होगा कि मेरा कोई मित्र इसका स्वामी है। बस, यही कहने के लिए यह आपकी सेवा में आये हैं।

आचार्य ने विनयपूर्ण शब्दों में कहा—इसके पूछने की ज़रूरत नहीं है। घर आपका है, जिस वक्त जी चाहे शौक से आयें, बल्कि आपकी इच्छा हो तो आप इसमें रह सकते हैं; मैं अपने लिए कोई दूसरा स्थान ठीक कर लूंगा।

रायसाहब ने धन्यवाद दिया और चले गये। वह दूसरे-तीसरे यहां ज़रूर आते और घंटों बैठे रहते। रत्ना भी उनके साथ अवश्य आती, फिर वह एक बार प्रतिदिन आने लगे।

एक दिन उन्होंने आचार्य महाशय को एकांत में ले जाकर पूछा—क्षमा कीजिएगा, आप अपने बाल बच्चों को क्यों नहीं बुला लेते? अकेले तो आपको बहुत कष्ट होता होगा।

आचार्य—मेरा तो अभी विवाह नहीं हुआ और न करना चाहता हूं।

यह कहते ही आचार्य महाशय ने आंखें नीची कर लीं।

भोलानाथ—यह क्यों, विवाह से आपको क्यों द्वेष है?

आचार्य—कोई विशेष कारण तो नहीं बता सकता, इच्छा ही तो है।

भोलानाथ—आप ब्राह्मण हैं ?

आचार्य जी का रंग उड़ गया। सशंक होकर बोले—योरोप की यात्रा के बाद वर्णभेद नहीं रहता। जन्म से चाहे जो कुछ हूं, कर्म से तो शूद्र ही हूं।

भोलानाथ—आपकी नम्रता को धन्य है, संसार में ऐसे सज्जन लोग भी पड़े हुए हैं, मैं भी कर्मों ही से वर्ण मानता हूं। नम्रता, शील, विनय, आचार, धर्मनिष्ठा, विद्याप्रेम, यह सब ब्राह्मणों के गुण हैं और मैं आपको ब्राह्मण ही समझता हूं। जिसमें यह गुण नहीं, वह ब्राह्मण नहीं; कदापि नहीं। रत्ना को आपसे बड़ा प्रेम है। आज तक कोई पुरुष उसकी आंखों में नहीं जंचा, किंतु आपने उसे वशीभूत कर लिया इस धृष्टता को क्षमा कीजिएगा, आपके माता-पिता..........

आचार्य—मेरे माता-पिता तो आप ही हैं। जन्म किसने दिया, यह मैं स्वयं नहीं जानता। मैं बहुत छोटा था तभी उनका स्वर्गवास हो गया।

रायसाहब—आह! वह आज जीवित होते तो आपको देखकर उनकी गज-भर की छाती होती। ऐसे सपूत बेटे कहां होते हैं।

इतने में रत्ना एक कागज़ लिये हुए आयी और रायसाहब से बोली—दादाजी, आचार्य महाशय काव्य-रचना भी करते हैं, मैं इनकी मेज़ पर से यह उठा लायी हूं। सरोजिनी नायडू के सिवा ऐसी कविता मैंने और कहीं नहीं देखी।

आचार्य ने छिपी निगाहों से एक बार रत्ना को देखा और झेंपते हुए बोले—यों ही लिख लिया था। मैं काव्य-रचना क्या जानूं?

प्रेम से दोनों विह्वल हो रहे थे। रत्ना गुणों पर मोहित थी, आचार्य उसके मोह के वशीभूत थे। अगर रत्ना उनके रास्ते में न आती तो कदाचित् वह उससे परिचित भी न होते। किन्तु प्रेम की फैली हुई बांहों का आकर्षण किस पर न होगा? ऐसा हृदय कहां है, जिसे प्रेम जीत न सके?

आचार्य महाशय बड़ी दुविधा में पड़े हुए थे। उनका दिल कहता था, जिस क्षण रत्ना पर मेरी असलियत खुल जायेगी, उसी क्षण वह मुझसे सदैव के लिए मुंह फेर लेगी। वह कितनी ही उदार हो, जाति के बंधन को कितना ही कष्टमय समझती हो, किंतु उस घृणा से मुक्त नहीं हो सकती जो स्वभावतः मेरे प्रति उत्पन्न होगी। मगर इस बात को जानते हुए भी उनकी हिम्मत न पड़ती थी कि अपना वास्तविक स्वरूप खोलकर दिखा दें। आह! यदि घृणा ही तक होती तो कोई बात न थी, मगर उसे दुःख होगा, पीड़ा होगी, उसका हृदय विदीर्ण हो जायेगा इस दशा में न जाने क्या कर बैठे। उसे इस अज्ञात दशा में रखे हुए प्रणय-पाश को दृढ़ करना उन्हें परले सिरे की नीचता प्रतीत होती थी। यह कपट है, दगा है, धूर्तता है जो प्रेमाचरण से सर्वथा निषिद्ध है। इस संकट में पड़े हुए वह कुछ निश्चय न कर सकते थे कि क्या करना चाहिए। उधर रायसाहब की आमदोरफ्त दिनोदिन

बढ़ती जाती थी। उनके मन की बात एक-एक शब्द से झलकती थी। रत्ना का आना-जाना बंद होता जाता था जो उसके आशय को और भी प्रकट करता था। इस प्रकार तीन-चार महीने व्यतीत हो गये। आचार्य महाशय सोचते, यह वही रायसाहब हैं, जिन्होंने केवल रत्ना की चारपाई पर ज़रा देर लेट रहने के लिए मुझे मारकर घर से निकाल दिया था। जब उन्हें मालूम होगा कि मैं वही अनाथ, अछूत, आश्रयहीन बालक हूं, तो उन्हें कितनी आत्मवेदना, कितनी अपमान-पीड़ा, कितनी लज्जा, कितनी दुराशा, कितना पश्चात्ताप होगा!

एक दिन रायसाहब ने कहा—विवाह की तिथि निश्चित कर लेनी चाहिए। इस लग्न में मैं इस ऋण से उऋण हो जाना चाहता हूं।

आचार्य महाशय ने बात का मतलब समझकर भी प्रश्न किया—कैसी तिथि?

रायसाहब—यही रत्ना के विवाह की। मैं कुंडली का तो कायल नहीं, पर विवाह तो शुभ मुहूर्त्त में ही होगा।

आचार्य भूमि की ओर ताकते रहे, कुछ न बोले।

रायसाहब—मेरी अवस्था तो आपको मालूम ही है। कुश-कन्या के सिवा और किसी योग्य नहीं हूं। रत्ना के सिवा और कौन है, जिसके लिए उठा रखता।

आचार्य महाशय विचारों में मग्न थे।

रायसाहब—रत्ना को आप स्वयं जानते हैं। आपसे उसकी प्रशंसा करनी व्यर्थ है। वह अच्छी है या बुरी है, उसे आपको स्वीकार करना पड़ेगा।

आचार्य महाशय की आंखों से आंसू बह रहे थे।

रायसाहब—मुझे पूरा विश्वास है कि आपको ईश्वर ने उसी के लिए यहां भेजा है। मेरी ईश्वर से यही याचना है कि तुम दोनों का जीवन सुख से कटे। मेरे लिए इससे ज्यादा खुशी की और कोई बात नहीं हो सकती। इस कर्तव्य से मुक्त होकर इरादा है कुछ दिन भगवत्-भजन करूं। गौण रूप से आप ही इस फल के भी अधिकारी होंगे।

आचार्य ने अवरुद्ध-कंठ से कहा—महाशय, आप मेरे पिता तुल्य हैं, पर मैं इस योग्य कदापि नहीं हूं।

रायसाहब ने उन्हें गले लगाते हुए कहा—बेटा, तुम सर्वगुण-सम्पन्न हो। तुम समाज के भूषण हो। मेरे लिए यह महान गौरव की बात है कि तुम-जैसा दामाद पाऊं। मैं आज तिथि आदि ठीक करके कल आपको सूचना दूंगा।

यह कहकर रायसाहब उठ खड़े हुए। आचार्य कुछ कहना चाहते थे, पर मौका न मिला, या यों कहो हिम्मत न पड़ी। इतना मनोबल न था, घृणा सहन करने की इतनी शक्ति न थी।

विवाह हुए महीना-भर हो गया। रत्ना के आने से पतिगृह में उजाला हो गया

है और पति-हृदय पवित्र। सागर में कमल खिल गया। रात का समय था। आचार्य महाशय भोजन करके लेटे हुए थे, उसी पलंग पर जिसने किसी दिन उन्हें घर से निकलवाया था, जिसने उनके भाग्यचक्र को परिवर्तित कर दिया था।

महीना-भर से वह अवसर ढूंढ़ रहे हैं कि वह रहस्य रत्ना को बतला दूं। उनका संस्कारों से दबा हुआ हृदय यह नहीं मानता कि मेरा सौभाग्य मेरे गुणों ही का अनुग्रह है। वह अपने रुपये को भट्ठी में पिघलाकर उसका मूल्य जानने की चेष्टा कर रहे हैं। किन्तु अवसर नहीं मिलता। रत्ना ज्यों ही सामने आ जाती है, वह मंत्रमुग्ध से हो जाते हैं। बाग में रोने कौन जाता है, रोने के लिए तो अंधेरी कोठरी ही चाहिए।

इतने में रत्ना मुस्कराती हुई कमरे में आयी। दीपक की ज्योति मंद पड़ गयी।

आचार्य ने मुस्कराकर कहा—अब चिराग गुल कर दूं न?

रत्ना बोली—क्यों, क्या मुझसे शर्म आती है?

आचार्य—हां, वास्तव में शर्म आती है।

रत्ना—इसलिए कि मैंने तुम्हें जीत लिया?

आचार्य—नहीं इसलिए कि मैंने तुम्हें धोखा दिया?

रत्ना—तुममें धोखा देने की शक्ति नहीं है।

आचार्य—तुम नहीं जानतीं। मैंने तुम्हें बहुत बड़ा धोखा दिखा है।

रत्ना—सब जानती हूं।

आचार्य—जानती हो मैं कौन हूं?

रत्ना—खूब जानती हूं। बहुत दिनों से जानती हूं। जब हम तुम दोनों इसी बगीचे में खेला करते थे, मैं तुमको मारती थी और तुम रोते थे, मैं तुमको अपनी जूठी मिठाइयां देती थी और तुम दौड़कर लेते थे, तब भी मुझे तुमसे प्रेम था; हां, वह दया के रूप में व्यक्त होता था।

आचार्य ने चकित होकर कहा—रत्ना यह जान कर भी तुमने..........

रत्ना—हां, जानकर ही। न जानती तो शायद न करती।

आचार्य—यह वही चारपाई है।

रत्ना—और मैं घाते में।

आचार्य ने उसे गले लगाकर कहा—तुम क्षमा की देवी हो।

रत्ना ने उत्तर दिया—मैं तुम्हारी चेरी हूं।

आचार्य—रायसाहब भी जानते हैं?

रत्ना—नहीं, उन्हें नहीं मालूम है। उनसे भूलकर भी न कहना, नहीं तो वह आत्मघात कर लेंगे।

आचार्य—वह कोड़े अभी तक याद हैं।

रत्ना—अब पिताजी के पास उसका प्रायश्चित करने के लिए कुछ नहीं रह गया। क्या अब भी तुम्हें संतोष नहीं हुआ?

इस्तीफा

दफ्तर का बाबू एक बेजबान जीव है। मजदूरों को आंखें दिखाओ, तो वह त्योरियां बदल कर खड़ा हो जायेगा। कुली को एक डांट बताओ, तो सिर से बोझ फेंककर अपनी राह लेगा। किसी भिखारी को दुत्कारो, तो वह तुम्हारी ओर गुस्से की निगाह से देखकर चला जायेगा। यहां तक कि गधा भी कभी–कभी तकलीफ पाकर दो लत्तियां झाड़ने लगता है; मगर बेचारे दफ्तर के बाबू को आप चाहे आंखें दिखायें, डांट बतायें, दुत्कारें या ठोकरें मारें, उसके माथे पर बल न आयेगा। उसे अपने विकारों पर जो आधिपत्य होता है, वह शायद किसी संयमी साधु में भी न हो। संतोष का पुतला, सब्र की मूर्ति, सच्चा आज्ञाकारी, गरज उसमें तमाम मानवी अच्छाइयां मौजूद होती हैं। खंडहर के भी एक दिन भाग्य जागते हैं। दीवाली के दिन उस पर भी रोशनी होती है, बरसात में उस पर हरियाली छाती है, प्रकृति की दिलचस्पियों में उसका भी हिस्सा है। मगर इस गरीब बाबू के नसीब कभी नहीं जागते। इसकी अंधेरी तकदीर में रोशनी का जलवा कभी नहीं दिखायी देता। इसके पीले चेहरे पर कभी मुस्कराहट की रोशनी नजर नहीं आती। इसके लिए सूखा सावन है, कभी हरा भादों नहीं। लाला फतहचंद ऐसे ही एक बेजबान जीव थे।

कहते हैं, मनुष्य पर उसके नाम का भी कुछ असर पड़ता है। फतहचंद की दशा में यह बात यथार्थ सिद्ध न हो सकी। यदि उन्हें 'हारचंद' कहा जाय तो कदाचित् यह अत्युक्ति न होगी। दफ्तर में हार, जिंदगी में हार, मित्रों में हार, जीवन में उनके लिए चारों ओर निराशाएं ही थीं। लड़का एक भी नहीं, लड़कियां तीन; भाई एक भी नहीं, भौजाइयां दो, गांठ में कौड़ी नहीं, मगर दिल में दया और मुरव्वत; सच्चा मित्र एक भी नहीं—जिससे मित्रता हुई, उसने धोखा दिया, इस पर तंदुरुस्ती भी अच्छी नहीं—बत्तीस साल की अवस्था में बाल खिचड़ी हो गये थे। आंखों में ज्योति नहीं, हाजमा चौपट, चेहरा पीला, गाल पिचके, कमर झुकी हुई, न दिल में हिम्मत, न कलेजे में ताकत। नौ बजे दफ्तर जाते और छह बजे शाम को लौटकर घर आते। फिर घर से बाहर निकलने की हिम्मत न पड़ती। दुनिया में क्या होता है; इसकी उन्हें बिल्कुल खबर न थी। उनकी दुनिया लोक–परलोक जो कुछ था, दफ्तर था। नौकरी की खैर मनाते और जिंदगी के दिन पूरे करते थे।

न धर्म से वास्ता था, न दीन से नाता। न कोई मनोरंजन था, न खेल। ताश खेले हुए भी शायद एक मुद्दत गुजर गयी थी।

जाड़ों के दिन थे। आकाश पर कुछ-कुछ बादल थे। फतहचंद साढ़े पांच बजे दफ्तर से लौटे तो चिराग जल गये थे। दफ्तर से आकर वह किसी से कुछ न बोलते; चुपके से चारपाई पर लेट जाते और पंद्रह-बीस मिनट तक बिना हिले-डुले पड़े रहते तब कहीं जाकर उनके मुंह से आवाज निकलती। आज भी प्रतिदिन की तरह वे चुपचाप पड़े थे कि एक मिनट में बाहर से किसी ने पुकारा। छोटी लड़की ने जाकर पूछा तो मालूम हुआ कि दफ्तर का चपरासी है। शारदा पति के मुंह-हाथ धोने के लिए लोटा-गिलास मांज रही थी। बोली—उससे कह दे, क्या काम है। अभी तो दफ्तर से आये ही हैं, और अभी फिर बुलावा आ गया?

चपरासी ने कहा—साहब ने कहा है, अभी बुला लाओ। कोई बड़ा जरूरी काम है।

फतहचंद की खामोशी टूट गयी। सिर उठाकर पूछा—क्या बात है?

शारदा—कोई नहीं, दफ्तर का चपरासी है।

फतहचंद ने सहम कर कहा—दफ्तर का चपरासी! क्या साहब ने बुलाया है?

शारदा—हां, कहता है, साहब, बुला रहे हैं। यह कैसा साहब है तुम्हारा, जब देखो, बुलाया करता है? सवेरे के गये-गये अभी मकान लौटे हो, फिर भी बुलावा आ गया!

फतहचंद ने संभल कर कहा—जरा सुन लूं, किसलिए बुलाया है। मैंने सब काम खत्म कर दिया था, अभी आता हूं।

शारदा—जरा जलपान तो करते जाओ, चपरासी से बातें करने लगोगे, तो तुम्हें अंदर आने की याद भी न रहेगी।

यह कहकर वह एक प्याली में थोड़ी-सी दालमोट और सेव लायी। फतहचंद उठकर खड़े हो गये, किंतु खाने की चीजें देखकर चारपाई पर बैठ गये और प्याली की ओर चाव से देखकर डरते हुए बोले—लड़कियों को दे दिया है न?

शारदा ने आंखें चढ़ाकर कहा—हां-हां, दे दिया है, तुम तो खाओ।

इतने में छोटी लड़की आकर सामने खड़ी हो गयी। शारदा ने उसकी ओर क्रोध से देखकर कहा—तू क्यों आकर सिर पर सवार हो गयी, जा बाहर खेल।

फतहचंद—रहने दो, डांटती हो? यहां आओ चुन्नी, यह लो, दालमोट ले जाओ।

चुन्नी मां की ओर देखकर डरती हुई बाहर भाग गयी।

फतहचंद ने कहा—क्यों बेचारी को भगा दिया? दो-चार दाने दे देती, तो खुश हो जाती।

शारदा—इसमें है ही कितना कि सबको बांटते फिरोगे? इसे देते तो बाकी दोनों न आ जातीं? किस-किसको देते?

इतने में चपरासी ने फिर पुकारा—बाबू जी, हमें बड़ी देर हो रही है।

शारदा—कह क्यों नहीं देते कि इस वक्त न आयेंगे।

फतहचंद—ऐसा कैसे कह दूं भाई; रोजी का मामला है!

शारदा—तो क्या प्राण देकर काम करोगे? सूरत नहीं देखते अपनी? मालूम होता है, छह महीने के बीमार हो।

फतहचंद ने जल्दी-जल्दी दालमोट की दो-तीन फंकियां लगायीं, एक गिलास पानी पिया और बाहर की तरफ दौड़े। शारदा पान बनाती ही रह गयी।

चपरासी ने कहा—बाबू जी! आपने बड़ी देर कर दी। अब जरा लपके चलिए, नहीं तो जाते ही डांट बतायेगा।

फतहचंद ने दो कदम दौड़कर कहा—चलेंगे तो भाई आदमी की ही तरह, चाहे डांट बतायें या दांत दिखायें। इससे दौड़ा नहीं जाता। बंगले ही पर हैं न?

चपरासी—भला, वह दफ्तर क्यों आने लगा। बादशाह है कि दिल्लगी?

चपरासी तेज चलने का आदी था। बेचारे बाबू फतहचंद धीरे-धीरे जाते थे। थोड़ी ही दूर चलकर हांफ उठे। मगर मर्द तो थे ही, यह कैसे कहते कि भाई जरा और धीरे चलो। हिम्मत करके कदम उठाते जाते थे, यहां तक कि जांघों में दर्द होने लगा और आधा रास्ता खत्म होते-होते पैरों ने उठने से इन्कार कर दिया। सारा शरीर पसीने से तर हो गया। सिर में चक्कर आ गया। आंखों के सामने तितलियां उड़ने लगीं।

चपरासी ने ललकारा—जरा कदम बढ़ाये चलो, बाबू!

फतहचंद बड़ी मुश्किल से बोले—तुम जाओ, मैं आता हूं।

वे सड़क के किनारे पटरी पर बैठ गये और सिर को दोनों हाथों से थामकर दम मारने लगे। चपरासी ने इनकी यह दशा देखी, तो आगे बढ़ा। फतहचंद डरे कि यह शैतान जाकर न जाने साहब से क्या कह दे, तो गजब ही हो जायेगा। जमीन पर हाथ टेककर उठे और फिर चले। मगर कमजोरी से शरीर हांफ रहा था। इस समय कोई बच्चा भी उन्हें जमीन पर गिरा सकता था। बेचारे किसी तरह गिरते-पड़ते साहब के बंगले पर पहुंचे। साहब बंगले पर टहल रहे थे। बार-बार फाटक की तरफ देखते थे और किसी को आते न देखकर मन में झल्लाते थे।

चपरासी को देखते ही आंखें निकालकर बोले—इतनी देर कहां था?

चपरासी ने बरामदे की सीढ़ी पर खड़े-खड़े कहा—हुजूर! जब वह आयें तब तो; मैं दौड़ा चला आ रहा हूं।

साहब ने पैर पटककर कहा—बाबू क्या बोला?

चपरासी—आ रहे हैं हुजूर, घंटा-भर में तो घर में से निकले।

इतने में फतहचंद अहाते के तार के अंदर से निकलकर वहां पहुंचे और साहब को सिर झुकाकर सलाम किया।

साहब ने कड़ककर कहा—अब तक कहां था?

फतहचंद ने साहब का तमतमाया चेहरा देखा, तो उनका खून सूख गया। बोले—हुजूर, अभी-अभी तो दफ्तर से गया हूं, ज्यों जी चपरासी ने आवाज दी, हाजिर हुआ।

साहब—झूठ बोलता है, झूठ बोलता है, हम घंटे भर से खड़ा है।

फतहचंद—हुजूर, मैं झूठ नहीं बोलता। आने में जितनी देर हो गयी हो, मगर घर से चलने में मुझे बिल्कुल देर नहीं हुई।

साहब ने हाथ की घड़ी घुमाकर कहा—चुप रह सुअर, हम घण्टा-भर से खड़ा है, अपना कान पकड़ो!

फतहचंद ने खून का घूंट पीकर कहा—हुजूर, मुझे दस साल काम करते हो गये, कभी..।

साहब—चुप रह सुअर, हम कहता है कि अपना कान पकड़ो!

फतहचंद—जब मैंने कोई कुसूर किया हो?

साहब—चपरासी! इस सुअर का कान पकड़ो।

चपरासी ने दबी जबान से कहा—हुजूर, यह भी मेरे अफसर हैं, मैं इनका कान कैसे पकड़ूं?

साहब—हम कहता है, इसका कान पकड़ो, नहीं हम तुमको हंटरों से मारेगा।

चपरासी—हुजूर, मैं यहां नौकरी करने आया हूं, मार खाने नहीं। मैं भी इज्जतदार आदमी हूं। हुजूर, अपनी नौकरी ले लें! आप जो हुक्म दें, वह बजा लाने को हाजिर हूं, लेकिन किसी की इज्जत नहीं बिगाड़ सकता। नौकरी तो चार दिन की है। चार दिन के लिए क्यों जमाने-भर से बिगाड़ करें।

साहब अब क्रोध को न बर्दाश्त कर सके। हंटर लेकर दौड़े। चपरासी ने देखा, यहां खड़े रहने में खैरियत नहीं है, तो भाग खड़ा हुआ। फतहचंद अभी तक चुपचाप खड़े थे। साहब चपरासी को न पाकर उनके पास आया और उनके दोनों कान पकड़कर हिला दिया। बोला—तुम सुअर गुस्ताखी करता है? जाकर ऑफिस से फाइल लाओ।

फतहचंद ने किसी तरह दिलेर होकर कहा—आप कौन-सा फाइल मांगते हैं?

साहब—वही फाइल जो हम मांगता है। वही फाइल लाओ। अभी लाओ। बेचारे फतहचंद को अब और कुछ पूछने की हिम्मत न हुई। साहब बहादुर एक तो यों ही तेज-मिजाज थे, इस पर हुकूमत का घमंड और सबसे बढ़कर शराब का नशा। हंटर लेकर पिल पड़ते, तो बेचारे क्या कर लेते? चुपके से दफ्तर की तरफ चल पड़े।

साहब ने कहा—दौड़कर जाओ—दौड़ो।

फतहचंद ने कहा—हुजूर, मुझसे दौड़ा नहीं जाता।

साहब—ओ, तुम बहुत सुस्त हो गया है। हम तुमको दौड़ना सिखायेगा। दौड़ो (पीछे से धक्का देकर) तुम अब भी नहीं दौड़ेगा?

यह कहकर साहब हंटर लेने चले। फतहचंद दफ्तर के बाबू होने पर भी मनुष्य ही थे। यदि वह बलवान होते, तो उस बदमाश का खून पी जाते। अगर उनके पास कोई हथियार होता, तो उस पर जरूर चला देते; लेकिन उस हालत में तो मार खाना ही उनकी तकदीर में लिखा था। वे बेतहाशा भागे और फाटक से बाहर निकलकर सड़क पर आ गये।

फतहचंद दफ्तर न गये। जाकर करते ही क्या! साहब ने फाइल का नाम तक न बताया। शायद नशे में भूल गया। धीरे-धीरे घर की ओर चले, मगर इस बेइज्जती ने पैरों में बेड़ियां-सी डाल दी थीं। माना कि वह शारीरिक बल में साहब से कम थे, उनके हाथ में कोई चीज भी न थी, लेकिन क्या वह उसकी बातों का जवाब न दे सकते थे? उनके पैरों में जूते तो थे। क्या वह जूते से काम न ले सकते थे? फिर क्यों उन्होंने इतनी जिल्लत बर्दाश्त की?

मगर इलाज ही क्या था? यदि वह क्रोध में उन्हें गोली मार देता, तो उसका क्या बिगड़ता। शायद एक-दो महीने की सादी कैद हो जाती। सम्भव है, दो-चार सौ रुपये जुर्माना हो जाता। मगर इनका परिवार तो मिट्टी में मिल जाता। संसार में कौन था, जो इनके स्त्री-बच्चों की खबर लेता। वह किसके दरवाजे हाथ फैलाते? यदि उसके पास इतने रुपये होते, जिनसे उनके कुटुम्ब का पालन हो जाता, तो वह आज इतनी जिल्लत न सहते। या तो मर ही जाते, या उस शैतान को कुछ सबक ही दे देते। अपनी जान का उन्हें डर न था। जिंदगी में ऐसा कौन सुख था, जिसके लिए वह इस तरह डरते। ख्याल था सिर्फ परिवार के बरबाद हो जाने का।

आज फतहचंद को अपनी शारीरिक कमजोरी पर जितना दुख हुआ, उतना और कभी न हुआ था। अगर उन्होंने शुरू ही से तंदुरुस्ती का ख्याल रखा होता, कुछ कसरत करते रहते, लकड़ी चलाना जानते होते, तो क्या इस शैतान की इतनी हिम्मत होती कि वह उनका कान पकड़ता। उसकी आंखें निकाल लेते। कम से कम इन्हें घर से एक छुरी लेकर चलना था! और न होता, तो दो-चार हाथ जमाते ही—पीछे देखा जाता, जेल जाना ही तो होता या और कुछ?

वे ज्यों-ज्यों आगे बढ़ते थे, त्यों-त्यों उनकी तबीयत अपनी कायरता और बोदेपन पर और भी झल्लाती थी। अगर वह उचककर उसके दो-चार थप्पड़ लगा देते, तो क्या होता—यही न कि साहब के खानसामे, बैरे सब उन पर पिल पड़ते

और मारते-मारते बेदम कर देते। बाल-बच्चों के सिर पर जो कुछ पड़ती—पड़ती। साहब को इतना तो मालूम हो जाता कि किसी गरीब को बेगुनाह जलील करना आसान नहीं। आखिर आज मैं मर जाऊं, तो क्या हो? तब कौन मेरे बच्चों का पालन करेगा। तब उनके सिर जो कुछ पड़ेगी, वह आज ही पड़ जाती, तो क्या हर्ज था।

इस अंतिम विचार ने फतहचंद के हृदय में जोश भर दिया कि वह लौट पड़े और साहब से जिल्लत का बदला लेने के लिए दो-चार कदम चले, मगर फिर ख्याल आया, आखिर जो कुछ जिल्लत होनी थी; वह तो हो ही ली। कौन जाने बंगले पर हो या क्लब चला गया हो। उसी समय उन्हें शारदा की बेकसी और बच्चों का बिना बाप के हो जाने का ख्याल भी आ गया। फिर लौटे और घर चले।

घर में जाते ही शारदा ने पूछा—किसलिए बुलाया था, बड़ी देर हो गयी?

फतहचंद ने चारपाई पर लेटते हुए कहा—नशे की सनक थी, और क्या? शैतान ने मुझे गालियां दीं, जलील किया। बस, यही रट लगाये था कि देर क्यों कि? निर्दयी ने चपरासी से मेरा कान पकड़ने को कहा।

शारदा ने गुस्से में आकर कहा—तुमने एक जूता उतारकर दिया नहीं सुअर को?

फतहचंद—चपरासी बहुत शरीफ है। उसने साफ कह दिया—हुजूर, मुझसे यह काम न होगा। मैंने भले आदमियों की इज्जत उतारने के लिए नौकरी नहीं की थी। वह उसी वक्त सलाम करके चला गया।

शारदा—यही बहादुरी है। तुमने उस साहब को क्यों नहीं फटकारा?

फतहचंद—फटकारा क्यों नहीं—मैंने भी खूब सुनायी। वह छड़ी लेकर दौड़ा—मैंने भी जूता संभाला। उसने मुझे कई छड़ियां जमायीं—मैंने भी कई जूते लगाये।

शारदा ने खुश होकर कहा—सच? इतना-सा मुंह हो गया उसका!

फतहचंद—चेहरे पर झाड़ू-सी फिरी हुई थी।

शारदा—बड़ा अच्छा किया तुमने, और मारना चाहिए था। मैं होती, तो बिना जान लिये न छोड़ती।

फतहचंद—मार तो आया हूं; लेकिन अब खैरियत नहीं है। देखो क्या नतीजा होता है? नौकरी तो जायेगी ही, शायद सजा भी काटनी पड़े।

शारदा—सजा क्यों काटनी पड़ेगी? क्या कोई इंसाफ करने वाला नहीं है? उसने क्यों गालियां दीं, क्यों छड़ी जमायी?

फतहचंद—उसके सामने मेरी कौन सुनेगा? अदालत भी उसी की तरफ हो जायेगी।

शारदा—हो जायेगी, हो जाय; मगर देख लेना, अब किसी साहब की यह हिम्मत न होगी कि किसी बाबू को गालियां दे बैठे। तुम्हें चाहिए था कि ज्योंही उसके मुंह से गालियां निकलीं, लपककर एक जूता रसीद कर देते।

फतहचंद—तो फिर इस वक्त जिंदा लौट भी न सकता। जरूर मुझे गोली मार देता।

शारदा—देखी जाती।

फतहचंद ने मुस्कराकर कहा—फिर तुम लोग कहां जातीं?

शारदा—जहां ईश्वर की मरजी होती। आदमी के लिए सबसे बड़ी चीज इज्जत है। इज्जत गवां कर बाल-बच्चों की परवरिश नहीं की जाती। तुम उस शैतान को मारकर आये होते तो मैं गरूर से फूली नहीं समाती। मार खाकर आते, तो शायद मैं तुम्हारी सूरत से भी घृणा करती। यों जबान से चाहे कुछ न कहती, मगर दिल से तुम्हारी इज्जत जाती रहती। अब जो कुछ सिर पर आयेगी, खुशी से झेल लूंगी..। कहां जाते हो, सुनो-सुनो, कहां जाते हो?

फतहचंद दीवाने होकर जोश में घर से निकल पड़े। शारदा पुकारती रह गयी। वह फिर साहब के बंगले की तरफ जा रहे थे। डर से सहमे हुए नहीं; बल्कि गरूर से गर्दन उठाये हुए। पक्का इरादा उनके चेहरे से झलक रहा था। उनके पैरों में वह कमजोरी, आंखों में वह बेकसी न थी। उनकी कायापलट-सी हो गयी थी। वह कमजोर बदन, पीला मुखड़ा, दुबले बदन वाला, दफ्तर के बाबू की जगह अब मर्दाना चेहरा, हिम्मत भरा हुआ, मजबूत गठा और जवान था। उन्होंने पहले एक दोस्त के घर जाकर उसका डंडा लिया और अकड़ते हुए साहब के बंगले पर जा पहुंचे।

इस वक्त नौ बजे थे। साहब खाने की मेज पर थे। मगर फतहचंद ने आज उनके मेज पर से उठ जाने का इंतजार न किया। खानसामा कमरे से बाहर निकला और वह चिक उठाकर अंदर गये। कमरा प्रकाश से जगमगा रहा था। जमीन पर ऐसी कालीन बिछी हुई थी, जैसी फतहचंद की शादी में भी नहीं बिछी होगी। साहब बहादुर ने उसकी तरफ क्रोधित दृष्टि से देखकर कहा—तुम क्यों आया? बाहर जाओ, क्यों अंदर चला आया?

फतहचंद ने खड़े-खड़े डंडा संभालकर कहा—तुमने मुझसे अभी फाइल मांगा था, वही फाइल लेकर आया हूं। खाना खा लो, तो दिखाऊं। तब तक मैं बैठा हूं। इत्मीनान से खाओ, शायद यह तुम्हारा आखिरी खाना होगा। इसी कारण खूब पेट भर खा लो।

साहब सन्नाटे में आ गये। फतहचंद की तरफ डर और क्रोध की दृष्टि से देखकर कांप उठे। फतहचंद के चेहरे पर पक्का इरादा झलक रहा था। साहब समझ गये, यह मनुष्य इस समय मरने-मारने के लिए तैयार होकर आया है।

ताकत में फतहचंद उनके पासंग भी नहीं था। लेकिन यह निश्चय था कि ईंट का जवाब पत्थर से नहीं बल्कि लोहे से देने को तैयार है। यदि वह फतहचंद को बुरा-भला कहते हैं, तो क्या आश्चर्य है कि वह डंडा लेकर पिल पड़े। हाथापाई करने में यद्यपि उन्हें जीतने में जरा भी संदेह नहीं था, लेकिन बैठे-बिठाये डंडे खाना तो कोई बुद्धिमानी नहीं है। कुत्ते को आप डंडे से मारिये ठुकराइये, जो चाहे कीजिए; मगर उसी समय तक, जब तक वह गुर्राता नहीं। एक बार गुर्राकर दौड़ पड़े, तो फिर देखें, आपकी हिम्मत कहां जाती है ? यही हाल उस वक्त साहब बहादुर का था। जब तक यकीन था कि फतहचंद घुड़की, गाली, हंटर, ठोकर सब कुछ खामोशी से सह लेगा, तब तक आप शेर थे; अब वह त्योरियां बदले, डंडा संभाले, बिल्ली की तरह घात लगाये खड़ा है। जबान से कोई कड़ा शब्द निकला और उसने डंडा चलाया। वह अधिक से अधिक उसे बर्खास्त कर सकते हैं। अगर मारते हैं, तो मार खाने का भी डर है। उस पर फौजदारी से मुकदमा दायर हो जाने का अंदेशा—माना कि वह अपने प्रभाव और ताकत से अंत तक फतहचंद को जेल में डलवा देंगे; परन्तु परेशानी और बदनामी से किसी तरह न बच सकते। एक बुद्धिमान और दूरंदेश आदमी की तरह उन्होंने यह कहा—ओहो, हम समझ गया, आप हमसे नाराज हैं। हमने क्या आपको कुछ कहा है ? आप क्यों हमसे नाराज हैं ?

फतहचंद ने तनकर कहा—तुमने अभी आधा घंटा पहले मेरे कान पकड़े थे, और मुझसे सैकड़ों ऊल-जलूल बातें कही थीं, क्या इतनी जल्दी भूल गये ?

साहब—मैंने आपका कान पकड़ा, आ-हा-हा-हा-हा! मैंने आपका कान पकड़ा, आ-हा-हा-हा-हा! क्या मजाक है ? मैं पागल हूं या दीवाना ?

फतहचंद—तो क्या मैं झूठ बोल रहा हूं ? चपरासी गवाह है। आपके नौकर-चाकर भी देख रहे थे।

साहब—कब की बात है ?

फतहचंद—अभी-अभी, कोई आधा घण्टा हुआ, आपने मुझे बुलवाया था और बिना कारण मेरे कान पकड़े और धक्के दिये थे।

साहब—ओ बाबू जी, उस वक्त हम नशे में था। बेहरा ने हमको बहुत दे दिया था। हमको कुछ खबर नहीं, क्या हुआ माई गॉड! हमको कुछ खबर नहीं।

फतहचंद—नशे में अगर तुमने मुझे गोली मार दी होती है, तो क्या मैं मर न जाता ? अगर तुम्हें नशे था और नशे में सब कुछ मुआफ है, तो मैं भी नशे में हूं। सुनो मेरा फैसला, या तो अपने कान पकड़ो कि फिर कभी किसी भले आदमी के संग ऐसा बर्ताव न करोगे, या मैं आकर तुम्हारे कान पकडूंगा। समझ गये कि नहीं! इधर-उधर हिलो नहीं, तुमने जगह छोड़ी और मैंने डंडा चलाया। फिर खोपड़ी टूट जाय, तो मेरी खता नहीं। मैं जो कुछ कहता हूं, वह करते चलो; पकड़ो कान!

साहब ने बनावटी हंसी हंसकर कहा—वेल बाबू जी, आप बहुत दिल्लगी करता है। अगर हमने आपको बुरा बात कहा है, तो हम आपसे माफी मांगता है।

फतहचंद—(डंडा तौलकर) नहीं, कान पकड़ो!

साहब आसानी से इतनी जिल्लत न सह सके। लपककर उठे और चाहा कि फतहचंद के हाथ से लकड़ी छीन लें; लेकिन फतहचंद गाफिल न थे। साहब मेज पर से उठने न पाये थे कि उन्होंने डंडे का भरपूर और तुला हुआ हाथ चलाया। साहब तो नंगे-सिर थे ही; चोट सिर पर पड़ गई। खोपड़ी भन्ना गयी। एक मिनट तक सिर को पकड़े रहने के बाद बोले—हम तुमको बर्खास्त कर देगा।

फतहचंद—इसकी मुझे परवाह नहीं, मगर आज मैं तुमसे बिना कान पकड़ाये नहीं जाऊंगा। कान पकड़कर वायदा करो कि फिर किसी भले आदमी के साथ ऐसी बेअदबी न करोगे, नहीं तो मेरा दूसरा हाथ पड़ना ही चाहता है!

यह कहकर फतहचंद ने फिर डंडा उठाया। साहब को अभी तक पहली चोट न भूली थी। अगर कहीं यह दूसरा हाथ पड़ गया, तो शायद खोपड़ी खुल जाये। कान पर हाथ रखकर बोले—अब आप खुश हुआ?

'फिर तो कभी किसी को गाली न दोगे।'

'कभी नहीं।'

'अगर फिर कभी ऐसा किया, तो समझ लेना, मैं कहीं बहुत दूर नहीं हूं।'

'अब किसी को गाली न देगा।'

'अच्छी बात है, अब मैं जाता हूं, आज से मेरा इस्तीफा है। मैं कल इस्तीफा में यह लिखकर भेजूंगा कि तुमने मुझे गालियां दीं, इसलिए मैं नौकरी नहीं करना चाहता, समझ गये?'

साहब—आप इस्तीफा क्यों देता है? हम तो बर्खास्त नहीं करता।

फतहचंद—अब तुम जैसे पाजी आदमी की मातहती नहीं करूंगा।

यह कहते हुए फतहचंद कमरे से बाहर निकले और बड़े इत्मीनान से घर चले। आज उन्हें सच्ची विजय की प्रसन्नता का अनुभव हुआ। उन्हें ऐसी खुशी कभी नहीं प्राप्त हुई थी। यही उनके जीवन की पहली जीत थी।

दुस्साहस

लखनऊ के नौबस्ते मोहल्ले में एक मुंशी मैकूलाल मुख्तार रहते थे। बड़े उदार, दयालु और सज्जन पुरुष थे। अपने पेशे में इतने कुशल थे कि ऐसा बिरला ही कोई मुकदमा होता था जिसमें वह किसी न किसी पक्ष की ओर से न रखे जाते हों। साधु-संतों से भी उन्हें प्रेम था। उनके सत्संग से उन्होंने कुछ तत्वज्ञान और कुछ गांजे-चरस का अभ्यास प्राप्त कर लिया था। रही शराब, यह उनकी कुल-प्रथा थी। शराब के नशे में वह कानूनी मसौदे खूब लिखते थे, उनकी बुद्धि प्रज्ज्वलित हो जाती थी। गांजे और चरस का प्रभाव उनके ज्ञान पर पड़ता था। दम लगाकर वह वैराग्य और ध्यान में तल्लीन हो जाते थे। मोहल्ले वालों पर उनका बड़ा रौब था। लेकिन यह उनकी कानूनी प्रतिभा का नहीं, उनकी उदार सज्जनता का फल था। मोहल्ले में एक्केवान, ग्वाले और कहार उनके आज्ञाकारी थे, सौ काम छोड़कर उनकी खिदमत करते थे। उनकी मद्यजनित उदारता ने सबों को वशीभूत कर लिया था। वह नित्य कचहरी से आते ही अलगू कहार के सामने दो रुपये फेंक देते थे। कुछ कहने-सुनने की जरूरत न थी, अलगू इसका आशय समझता था। शाम को शराब की एक बोतल और कुछ गांजा तथा चरस मुंशीजी के सामने आ जाता था। बस, महफिल जम जाती। यार लोग आ पहुंचते। एक ओर मुवक्किलों की कतार बैठती, दूसरी ओर सहवासियों की। वैराग्य और ज्ञान की चर्चा होने लगती। बीच-बीच में मुवक्किलों से भी मुकदमे की दो-एक बातें कर लेते! दस बजे रात को वह सभा विसर्जित होती थी। मुंशीजी अपने पेशे और ज्ञान चर्चा के सिवा और कोई सिर दर्द मोल न लेते थे। देश के किसी आन्दोलन, किसी सभा, किसी सामाजिक सुधार से उनका सम्बन्ध न था। इस विषय में वह सच्चे विरक्त थे। बंग-भंग हुआ, नरम-गरम दल बने, राजनैतिक सुधारों का आविर्भाव हुआ, स्वराज्य की आकांक्षा ने जन्म लिया, आत्मरक्षा की आवाजें देश में गूंजने लगीं, किंतु मुंशीजी की अविरल शांति में जरा भी विघ्न न पड़ा। अदालत और शराब के सिवाय वह संसार की सभी चीजों को माया समझते थे, सभी से उदासीन रहते थे।

चिराग जल चुके थे। मुंशी मैकूलाल की सभा जम गयी थी, उपासकगण जमा हो गये थे, अभी तक मदिरा देवी प्रकट न हुई थीं। अलगू बाजार से न लौटा था।

सब लोग बार-बार उत्सुक नेत्रों से ताक रहे थे। एक आदमी बरामदे में प्रतीक्षास्वरूप खड़ा था, दो-तीन सज्जन टोह लेने के लिए सड़क पर खड़े थे, लेकिन अलगू आता नजर न आता था। आज जीवन में पहला अवसर था कि मुंशीजी को इतनी इंतजार खींचनी पड़ी। उनकी प्रतीक्षाजनक उद्विग्नता ने गहरी समाधि का रूप धारण कर लिया था, न कुछ बोलते थे, न किसी को देखते थे। समस्त शक्तियां प्रतीक्षाबिंदु पर केंद्रीभूत हो गयीं।

अकस्मात् सूचना मिली कि अलगू आ रहा है। मुंशीजी जाग पड़े, सहवासीगण खिल गये, आसन बदल कर संभल बैठे, उनकी आंखें अनुरक्त हो गयीं। आशामय विलम्ब आनन्द को और बढ़ा देता है।

एक क्षण में अलगू आकर सामने खड़ा हो गया। मुंशीजी ने उसे डांटा नहीं, यह पहला अपराध था, इसका कुछ न कुछ कारण अवश्य होगा, दबे हुए पर उत्कंठायुक्त नेत्रों से अलगू के हाथ की ओर देखा। बोतल न थी। विस्मय हुआ, विश्वास न आया, फिर गौर से देखा, बोतल न थी। यह अप्राकृतिक घटना थी, पर इस पर उन्हें क्रोध न आया, नम्रता के साथ पूछा—बोतल कहां है?

अलगू—आज नहीं मिली।

मैकूलाल—यह क्यों?

अलगू—दुकान के दोनों नाके रोके हुए सुराज वाले खड़े हैं, किसी को उधर जाने ही नहीं देते।

अब मुंशीजी को क्रोध आया, अलगू पर नहीं, स्वराज्य वालों पर। उन्हें मेरी शराब बन्द करने का क्या अधिकार है? तर्क भाव से बोले—तुमने मेरा नाम नहीं लिया?

अलगू—बहुत कहा, लेकिन वहां कौन किसी की सुनता था? सभी लोग लौट आते थे, मैं भी लौट आया।

मुंशी—चरस लाये?

अलगू—वहां भी यही हाल था।

मुंशी—तुम मेरे नौकर हो या स्वराज्य वालों के?

अलगू—मुंह में कालिख लगवाने के लिए थोड़े ही नौकर हूं?

मुंशी—तो क्या वहां बदमाश लोग मुंह में कालिख भी लगा रहे हैं?

अलगू—देखा तो नहीं, लेकिन सब यही कहते थे।

मुंशी—अच्छी बात है, मैं खुद जाता हूं, देखूं किसकी मजाल है जो रोके। एक-एक को लाल घर दिखा दूंगा, यह सरकार का राज है, कोई बदमिली नहीं है। वहां कोई पुलिस का सिपाही नहीं था?

अलगू—थानेदार साहब आप ही खड़े सबसे कहते थे जिसका जी चाहे जाय शराब ले या पीये लेकिन लौट आते थे, उनकी कोई न सुनता था।

मुंशी—थानेदार मेरे दोस्त हैं, चलो जी ईदू चलते हो। रामबली, बेचन, झिनकू सब चलो। एक-एक बोतल ले लो, देखूं कौन रोकता है। कल ही तो मजा चखा दूंगा।

मुंशीजी अपने चारों साथियों के साथ शराबखाने की गली के सामने पहुंचे तो वहां बहुत भीड़ थी। बीच में दो सौम्य मूर्तियां खड़ी थीं। एक मौलाना जामिन थे जो शहर के मशहूर मुजतहिद थे, दूसरे स्वामी घनानन्द थे जो वहां की सेवा-समिति के संस्थापक और प्रजा के बड़े हितचिंतक थे। उनके सम्मुख ही थानेदार साहब कई कान्स्टेबलों के साथ खड़े थे। मुंशीजी और उनके साथियों को देखते ही थानेदार प्रसन्न होकर बोले—आइए मुख्तार साहब, क्या आज आप ही को तकलीफ करनी पड़ी? यह चारों आप ही के हमराह हैं न?

मुंशीजी बोले—जी हां, पहले आदमी भेजा, वह नाकाम वापस गया। सुना आज यहां हड़बोंग मची हुई है, स्वराज्य वाले किसी को अंदर जाने ही नहीं देते।

थानेदार—जी नहीं, यहां किसकी मजाल है जो किसी के काम में हाजिर हो सके। आप शौक से जाइए। कोई चूं तक नहीं कर सकता। आखिर मैं यहां किसलिए हूं।

मुंशीजी ने गौरवोन्मत्त दृष्टि से अपने साथियों को देखा और गली में घुसे कि इतने में मौलाना जामिन ने ईदू से बड़ी नम्रता से कहा—दोस्त, यह तो तुम्हारी नमाज का वक्त है, यहां कैसे आये? क्या इसी दीनदारी के बल पर खिलाफत का मसला हल करेंगे?

ईदू के पैरों में जैसे लोहे की बेड़ी पड़ गयी। लज्जित भाव से खड़ा भूमि की ओर ताकने लगा। आगे कदम रखने का साहस न हुआ।

स्वामी घनानन्द ने मुंशीजी और उनके बाकी तीन साथियों से कहा—बच्चा, यह पंचामृत लेते जाओ, तुम्हारा कल्याण होगा। झिनकू, रामवली और बेचन ने अनिवार्य भाव से हाथ फैला दिये और स्वामीजी से पंचामृत लेकर पी गये। मुंशीजी ने कहा—इसे आप खुद पी जाइए। मुझे जरूरत नहीं।

स्वामीजी उनके सामने हाथ जोड़कर खड़े हो गये और विनोद भाव से बोले—इस भिक्षुक पर आज दया कीजिये, उधर न जाइए।

लेकिन मुंशीजी ने उनका हाथ पकड़कर सामने से हटा दिया और गली में दाखिल हो गये। उनके तीनों साथी स्वामीजी के पीछे सिर झुकाये खड़े रहे।

मुंशी—रामबली, झिनकू आते क्यों नहीं? किसकी ताकत है कि हमें रोक सके।

झिनकू—तुम काहे नाहीं लौट आवत हो। साधु-संतन की बात माने का होत है।

मुंशी—तो इसी हौसले पर घर से निकले थे ?

रामबली—निकले थे कि कोई जबर्दस्ती रोकेगा तो उससे समझेंगे। साधु-संतों से लड़ाई करने थोड़े ही चले थे।

मुंशी—सच कहा है, गंवार भेड़ होते हैं।

बेचन—आप शेर हो जायं, हम भेड़ ही बने रहेंगे।

मुंशीजी अकड़ते हुए शराबखाने में दाखिल हुए। दुकान पर उदासी छायी हुई थी, कलवार अपनी गद्दी पर बैठा ऊंघ रहा था। मुंशीजी की आहट पाकर चौंक पड़ा, उन्हें तीव्र दृष्टि से देखा मानो यह कोई विचित्र जीव है, बोतल भर दी और ऊंघने लगा।

मुंशीजी गली के द्वार पर आये तो अपने साथियों को न पाया। बहुत से आदमियों ने उन्हें चारों ओर से घेर लिया और निंदासूचक बोलियां बोलने लगे।

एक ने कहा—दिलावर हो तो ऐसा हो।

दूसरा बोला—शर्मचे कुत्तीस्त कि पेशे मरदां विवाअद (मरदों के सामने लज्जा नहीं आ सकती)।

तीसरा बोला—है कोई पुराना पियक्कड़, पक्का लतियल।

इतने में थानेदार साहब ने आकर भीड़ हटा दी। मुंशीजी ने उन्हें धन्यवाद दिया और घर चले। एक कान्स्टेबल भी रक्षार्थ उनके साथ चला।

मुंशीजी के चारों मित्रों ने बोतलें फेंक दीं और आपस में बातें करते हुए चले।

झिनकू—एक बेर हमारा एक्का बेगार में पकड़ जात रहे तो यहीं स्वामीजी चपरासी से कह-सुन के छुड़ाय दिहेन रहा।

रामबली—पिछले साल जब हमारे घर में आग लगी थी तब भी तो यही सेवा-समिति वालों को लेकर पहुंच गये थे, नहीं तो घर में एक सूत न बचता।

बेचन—मुख्तार अपने सामने किसी को गिनते ही नहीं। आदमी कोई बुरा काम करता है तो छिप कर करता है, यह नहीं कि बेहाई पर कमर बांध ले।

झिनकू—भाई, पीठ पीछे कोऊ की बुराई न करै चाही। और जौन कुछ होय पर आदमी बड़ा अकबाली हौ। उतने आदमियन के बीच मां कैसा घुसत चला गवा।

रामबली—यह कोई अकबाल नहीं है। थानेदार न होता तो आटे-दाल का भाव मालूम हो जाता।

बेचन—मुझे तो कोई पचास रुपये देता तो भी गली में पैर न रख सकता। शर्म से सिर ही नहीं उठता था!

ईदू—इनके साथ आकर आज बड़ो मुसीबत में फंस गया। मौलाना जहां देखेंगे वहां आड़े हाथों लेंगे। दीन के खिलाफ ऐसा काम क्यों करें कि शर्मिंदा होना

पड़े। मैं तो आज मारे शर्म के गड़ गया। आज तोबा करता हूं। अब इसकी तरफ आंख उठाकर भी न देखूंगा।

रामबली—शराबियों की तोबा कच्चे धागे से मजबूत नहीं होती।

ईदू—अगर फिर कभी मुझे पीते देखना तो मुंह में कालिख लगा देना।

बेचन—अच्छा तो इसी बात पर आज से मैं इसे छोड़ता हूं। अब पीऊं तो गऊ-रक्त बराबर।

झिनकू—तो का हमही सबसे पापी हन। फिर कभू जो हमका पियत देख्यो, बैठाय के पचास जूता लगायो।

रामबली—अरे जा अभी मुंशीजी बुलायेंगे तो कुत्ते की तरह दौड़ते हुए जाओगे।

झिनकू—मुंशीजी के साथ बैठे देख्यो तो सौ जूता लगायो, जिनके बात में फरक है उनके बाप में फरक है।

रामबली—तो भाई मैं भी कसम खाता हूं कि आज से गांठ के पैसे निकालकर न पीऊंगा। हां, मुफ्त की पीने में इन्कार नहीं।

बेचन—गांठ के पैसे तुमने कभी खर्च किये हैं?

इतने में मुंशी मैकूलाल लपके हुए आते दिखायी दिये। यद्यपि वह बाजी मारकर आये थे, मुख पर विजय गर्व की जगह खिसियानापन छाया हुआ था। किसी अव्यक्त कारणवश वह इस विजय का हार्दिक आनंद न उठा सकते थे। हृदय के किसी कोने में छिपी हुई लज्जा उन्हें चुटकियां ले रही थीं। वह स्वयं अज्ञात थे, पर उस दुस्साहस का खेद उन्हें व्यथित कर रहा था।

रामबली ने कहा—आइए मुख्तार साहब, बड़ी देर लगायी।

मुंशी—तुम सबके सब गावदी ही निकले, साधु के चकमे में आ गये।

रामबली—इन लोगों ने तो आज से शराब न पीने की कसम खा ली है।

मुंशी—ऐसा तो मैंने मर्द ही नहीं देखा जो एक बार इसके चंगुल में फंसकर निकल जाय। मुंह से बकना दूसरी बात है।

ईदू—जिन्दगी रही तो देख लीजिएगा।

झिनकू—दाना-पानी तो कोऊ से नाहीं छूट सकत है और बातन का जब मनमा आवे छोड़ देव। बस चोट लग जाय का चाही, नशा खाये बिना कोऊ मर नाहीं जात है।

मुंशी—देखूंगा तुम्हारी बहादुरी भी।

बेचन—देखना क्या है, छोड़ देना कोई बड़ी बात नहीं। यही न होगा कि दो-चार दिन जी सुस्त रहेगा। लड़ाई में अंगरेजों ने छोड़ दिया था जो इसे पानी की तरह पीते हैं तो हमारे लिए कोई मुश्किल काम नहीं।

यही बातें करते हुए लोग मुख्तार साहब के मकान पर आ पहुंचे।

दीवानखाने में सन्नाटा था। मुवक्किल चले गये थे। अलगू पड़ा सो रहा था। मुंशीजी मसनद पर जा बैठे और अलमारी से ग्लास निकालने लगे। उन्हें अभी तक अपने साथियों की प्रतिज्ञा पर विश्वास न आता था। उन्हें पूरा यकीन था कि शराब की सुगन्ध और लालिमा देखते ही सबों की तोबा टूट जायेगी। जहां मैंने जरा बढ़ावा दिया वहीं सब आकर डट जायेंगे और महफिल जम जायेगी। जब ईदू सलाम करके चलने लगा और झिनकू ने अपना डंडा संभाला तो मुंशीजी ने दोनों हाथ पकड़ लिये और बड़े मृदुल शब्दों में बोले—यारों, यों साथ छोड़ना अच्छा नहीं। आओ जरा आज इसका मजा तो चखो, खासतौर पर अच्छी है।

मुंशी—अजी आओ तो, इन बातों में क्या धरा है ?

ईदू—आप ही को मुबारक रहे, मुझे जाने दीजिए।

झिनकू—हम तो भगवान् चाही एके नियर न जाब; जूता कौन खाय ?

यह कहकर दोनों अपने-अपने हाथ छुड़ाकर चले गये, तब मुख्तार साहब ने बेचन का हाथ पकड़ा जो बरामदे से नीचे उतर रहा था, बोले—बेचन क्या तुम भी बेवफाई करोगे ?

बेचन—मैंने तो बड़ी कसम खायी है। जब एक बार इसे गऊ-रक्त कह चुका तो फिर इसकी ओर ताक भी नहीं सकता। अब आप भी छोड़िए, कुछ दिन राम-राम कीजिए। बहुत दिन तो पीते हो गये।

यह कहकर वह भी सलाम करके चलता हुआ। अब अकेले रामबली रह गया। मुंशीजी ने उससे शोकातुर होकर कहा—देखो रामबली, इन सभों की बेवफाई ? यह लोग ऐसे ढुलमुल होंगे, मैं न जानता था। आओ आज हमीं तुम सही। दो सच्चे दोस्त ऐसे दरजनों कचलोहियों से अच्छे हैं। आओ बैठ जाओ।

रामबली—मैं तो हाजिर ही हूं, लेकिन मैंने भी कसम खायी है कि कभी गांठ के पैसे खर्च करके न पीऊंगा।

मुंशी—अजी जब तक मेरे दम में दम है, तुम जितना पियो, गम क्या है।

रामबली—लेकिन आप न रहे तब ? ऐसा सज्जन फिर कहां पाऊंगा।

मुंशी—अजी तब देखी जायेगी, मैं आज मरा थोड़े ही जाता हूं।

रामबली—जिन्दगी का कोई एतबार नहीं, आप मुझसे पहले जरूर ही मरेंगे, तो उस वक्त मुझे कौन रोज पिलायेगा। तब तो छोड़ भी न सकूंगा। इससे बेहतर यही है कि अभी से फिक्र करूं।

मुंशी—यार ऐसी बातें करके दिल न छोटा करो। आओ बैठ जाओ, एक ही गिलास ले लेना।

रामबली—मुख्तार साहब, अब ज्यादा मजबूर न कीजिए। जब ईदू और झिनकू जैसे लतियों ने कसम खा ली जो औरतों के गहने बेच-बेच पी गये और

निरे मूर्ख हैं, तो मैं इतना निर्लज्ज नहीं हूं कि इसका गुलाम बना रहूं। स्वामीजी ने मेरा सर्वनाश होने से बचाया है। उनकी आज्ञा मैं किसी तरह नहीं टाल सकता। यह कहकर रामबली भी विदा हो गया।

मुंशीजी ने प्याला मुंह में लगाया, लेकिन दूसरा प्याला भरने के पहले उनकी मद्यातुरता गायब हो गयी थी। जीवन में यह पहला अवसर था कि उन्हें एकांत में बैठ कर दवा की भांति शराब पीनी पड़ी। पहले तो सहवासियों पर झुंझलाये। दगाबाजों को मैंने सैकड़ों रुपये खिला दिये होंगे, लेकिन आज जरा सी बात पर सब के सब फिरंट हो गये। अब मैं भूत की भांति अकेला पड़ा हुआ हूं, कोई हंसने-बोलने वाला नहीं। यह तो सोहबत की चीज है, जब सोहबत का आनन्द ही न रहा तो पीकर खाट पर पड़े रहने से क्या फायदा?

मेरा आज कितना अपमान हुआ! जब मैं गली में घुसा हूं तो सैकड़ों ही आदमी मेरी ओर आग्नेय दृष्टि से ताक रहे थे। शराब लेकर लौटा हूं तब तो लोगों का वश चलता तो मेरी बोटियां नोच खाते। थानेदार न होता तो घर तक आना मुश्किल था। यह अपमान और लोकनिन्दा किसलिए। इसलिए कि घड़ी भर बैठकर मुंह कड़वा करूं और कलेजा जलाऊं। कोई हंसी चुहल करने वाला तक नहीं।

लोग इसे कितनी त्याज्य-वस्तु समझते हैं; इसका अनुभव मुझे आज ही हुआ, नहीं तो एक संन्यासी के जरा-से इशारे पर बरसों के लती पियक्कड़ यों मेरी अवहेलना न करते। बात यही है कि अंत:करण से सभी इसे निषिद्ध समझते हैं। जब मेरे साथ के ग्वाले, एक्केवान और कहार तक इसे त्याग सकते हैं तो क्या मैं उनसे भी गया गुजरा हूं? इतना अपमान सहकर, जनता की निगाह में पतित होकर, सारे शहर में बदनाम होकर नक्कू बन गया। एक क्षण के लिए सिर में सरूर पैदा कर लिया तो क्या काम किया? कुवासना के लिए आत्मा को इतना नीचे गिराना क्या अच्छी बात है! वह चारों इस घड़ी मेरी निन्दा कर रहे होंगे, मुझे दुष्ट बना रहे होंगे, मुझे नीच समझ रहे होंगे। इन नीचों की दृष्टि में मैं नीचा हो गया। यह दुरवस्था नहीं सही जाती। आज इस वासना का अंत कर दूंगा, अपमान का अंत कर दूंगा।

एक क्षण में धड़ाके की आवाज हुई। अलगू चौंक कर उठा तो देखा कि मुंशीजी बरामदे में खड़े हैं और बोतल जमीन पर टूटी पड़ी है!

●●●

गृह-नीति

जब मां, बेटे से बहू की शिकायतों का दफ्तर खोल देती है और यह सिलसिला किसी तरह खत्म होते नज़र नहीं आता, तो बेटा उकता जाता है और दिन-भर की थकान के कारण कुछ झुंझलाकर मां से कहता है—तो आखिर तुम मुझसे क्या करने को कहती हो अम्मां ? मेरा काम स्त्री को शिक्षा देना तो नहीं है। यह तो तुम्हारा काम है ! तुम उसे डांटो, मारो, जो सजा चाहे दो। मेरे लिए इससे ज्यादा खुशी की और क्या बात हो सकती है कि तुम्हारे प्रयत्न से वह आदमी बन जाय ? मुझसे मत कहो कि उसे सलीका नहीं है, तमीज नहीं है, बे-अदब है। उसे डांटकर सिखाओ।

मां—वाह, मुंह से बात निकालने नहीं देती, डांटूं तो मुझे ही नोच खाय। उसके सामने अपनी आबरू बचाती फिरती हूं, कि किसी के मुंह पर मुझे कोई अनुचित शब्द न कह बैठे।

बेटा—तो फिर इसमें मेरी क्या खता है ? मैं तो उसे सिखा नहीं देता कि तुमसे बे-अदबी करे !

मां—तो और कौन सिखाता है ?

बेटा—तुम तो अन्धेर करती हो अम्मां !

मां—अन्धेर नहीं करती, सत्य कहती हूं। तुम्हारी ही शह पाकर उसका दिमाग बढ़ गया है। जब वह तुम्हारे पास जाकर टेसुवे बहाने लगती है, तो कभी तुमने उसे डांटा, कभी समझाया कि तुझे अम्मां का अदब करना चाहिए ? तुम तो खुद उसके गुलाम हो गये हो। वह भी समझती है, मेरा पति कमाता है, फिर मैं क्यों न रानी बनूं, क्यों किसी से दबूं ? मर्द जब तक शह न दे, औरत का इतना गुर्दा हो ही नहीं सकता।

बेटा—तो क्या मैं उससे कह दूं कि मैं कुछ नहीं कमाता, बिल्कुल निखट्टू हूं ? क्या तुम समझती हो, तब वह मुझे जलील न समझेगी ? हर एक पुरुष चाहता है कि उसकी स्त्री उसे कमाऊ, योग्य, तेजस्वी समझे और सामान्यतः वह जितना है, उससे बढ़कर अपने को दिखाता है। मैंने कभी नादानी नहीं की, कभी स्त्री के सामने डींग नहीं मारी; लेकिन स्त्री की दृष्टि में अपना सम्मान खोना तो कोई भी न चाहेगा।

मां—तुम कान लगाकर, ध्यान देकर और मीठी मुसकराहट के साथ उसकी बातें सुनोगे, तो वह क्यों न शेर होगी? तुम खुद चाहते हो कि स्त्री के हाथों मेरा अपमान कराओ। मालूम नहीं, मेरे किन पापों का तुम मुझे यह दंड दे रहे हो। किन अरमानों से कैसे-कैसे कष्ट झेलकर; मैंने तुम्हें पाला। खुद नहीं पहना, तुम्हें पहनाया; खुद नहीं खाया, तुम्हें खिलाया। मेरे लिए तुम उस मरने वाले की निशानी थे और मेरी सारी अभिलाषाओं के केन्द्र। तुम्हारी शिक्षा पर मैंने अपने हजारों के आभूषण होम कर दिये। विधवा के पास दूसरी कौन-सी निधि थी। इसका तुम मुझे यह पुरस्कार दे रहे हो।

बेटा—मेरी समझ में नहीं आता कि आप मुझसे चाहती क्या हैं? आपके उपकारों को मैं कब मेट सकता हूं? आपने मुझे केवल शिक्षा ही नहीं दिलायी, मुझे जीवन-दान दिया, मेरी सृष्टि की। अपने गहने ही नहीं होम किये, अपना रक्त तक पिलाया। अगर मैं सौ बार अवतार लूं, तो भी इसका बदला नहीं चुका सकता। मैं अपनी जान में आपकी इच्छा के विरुद्ध कोई काम नहीं करता, यथासाध्य आपकी सेवा में कोई बात उठा नहीं रखता; जो कुछ पाता हूं, लाकर आपके हाथों पर रख देता हूं; और मुझसे क्या चाहती हैं! और मैं कर ही क्या सकता हूं? ईश्वर ने हमें तथा आपको और सारे संसार को पैदा किया। उसका हम उसे क्या बदला देते हैं? क्या बदला दे सकते हैं? उसका नाम भी तो नहीं लेते। उसका यश भी तो नहीं गाते। इससे क्या उसके उपकारों का भार कुछ कम हो जाता है। मां के बलिदानों का प्रतिशोध कोई बेटा नहीं कर सकता, चाहे वह भू-मण्डल का स्वामी ही क्यों न हो। ज्यादा-से-ज्यादा मैं आपकी दिलजोई ही तो कर सकता हूं और मुझे याद नहीं आता कि मैंने कभी आपको असन्तुष्ट किया हो।

मां—तुम मेरी दिलजोई करते हो! तुम्हारे घर में मैं इस तरह रहती हूं जैसे कोई लौंडी। तुम्हारी बीवी कभी मेरी बात भी नहीं पूछती। मैं भी कभी बहू थी। रात को घंटे-भर सास की देह दबाकर; उनके सिर में तेल डालकर, उन्हें दूध पिलाकर तब बिस्तर पर जाती थी। तुम्हारी स्त्री नौ बजे अपनी किताबें लेकर अपनी सहनची में जा बैठती है, दोनों खिड़कियां खोल लेती है और मजे से हवा खाती है। मैं मरूं या जीऊं, उससे मतलब नहीं, इसलिए मैंने पाला था?

बेटा—तुमने मुझे पाला था, तो यह सारी सेवा मुझसे लेनी चाहिए थी; मगर तुमने मुझसे कभी नहीं कहा। मेरे अन्य मित्र भी हैं। उनमें भी मैं किसी को मां की देह में मुक्कियां लगाते नहीं देखता। आप मेरे कर्तव्य का भार मेरी स्त्री पर क्यों डालती हैं? यों अगर वह आपकी सेवा करे, तो मुझसे ज्यादा प्रसन्न और कोई न होगा। मेरी आंखों में उसकी इज्जत दूनी हो जायेगी। शायद उससे और ज्यादा प्रेम करने लगूं। लेकिन अगर वह आपकी सेवा नहीं करती, तो आपको उससे

अप्रसन्न होने का कोई कारण नहीं है। शायद उसकी जगह मैं होता, तो मैं भी ऐसा ही करता। सास मुझे अपनी लड़की की तरह प्यार करती, तो मैं उसके तलुए सहलाता, इसलिये नहीं कि वह मेरे पति की मां होती, बल्कि इसलिए कि वह मुझसे मातृवत् स्नेह करती, मगर मुझे खुद यह बुरा लगता है कि बहू सास के पांव दबाये। कुछ दिन पहले स्त्रियां पति के पांव दबाती थीं। आज भी उस प्रथा का लोप नहीं हुआ है, लेकिन मेरी पत्नी मेरे पांव दबाये, तो मुझे ग्लानि होगी। मैं उससे कोई ऐसी खिदमत नहीं लेना चाहता, जो मैं उसकी भी न कर सकूं। यह रस्म उस जमाने की यादगार है, जब स्त्री पति की लौंडी समझी जाती थी! अब पत्नी और पति दोनों बराबर हैं। कम-से-कम मैं ऐसा समझता हूं।

मां—तो मैं कहती हूं कि तुम्हीं ने उसे ऐसी-ऐसी बातें पढ़ाकर शेर कर दिया है। तुम्हीं मुझसे बैर साध रहे हो। ऐसी निर्लज्ज, ऐसी बदज़बान, ऐसी टर्री, फूहड़ छोकरी संसार में न होगी। घर में अक्सर मुहल्ले की बहनें मिलने आती रहती हैं। यह राजा की बेटी न जाने किन गंवारों में पली है कि किसी का भी आदर-सत्कार नहीं करती। कमरे से निकलती तक नहीं। कभी-कभी जब वे खुद उसके कमरे में चली जाती हैं, तो भी यह गधी चारपाई से नहीं उठती। प्रणाम तक नहीं करती, चरण छूना तो दूर की बात है।

बेटा—वह देवियां तुमसे मिलने आती होंगी। तुम्हारे और उसके बीच में न-जाने क्या बातें होती हों; अगर तुम्हारी बहू बीच में आ कूदे तो मैं उसे बदतमीज कहूंगा। कम-से-कम मैं तो कभी पसन्द न करूंगा कि जब मैं अपने मित्रों से बातें कर रहा हूं, तो तुम या तुम्हारी बहू वहां जाकर खड़ी हो जाय। स्त्री भी अपनी सहेलियों के साथ बैठी हो, तो मैं वहां बिना बुलाये न जाऊंगा। यह तो आजकल का शिष्टाचार है।

मां—तुम तो हर बात में उसी का पक्ष करते हो बेटा, न-जाने उसने कौन-सी जड़ी सुंघा दी है तुम्हें। यह कौन कहता है कि वह हम लोगों के बीच में आ कूदे, लेकिन बड़ों का उसे कुछ तो आदर-सत्कार करना चाहिए।

बेटा—किस तरह?

मां—जाकर अंचल से उनके चरण छुए, प्रणाम करे, पान खिलाये, पंखा झले। इन्हीं बातों से बहू का आदर होता है। लोग उसकी प्रशंसा करते हैं। नहीं तो सब-की-सब यही कहती होंगी कि बहू को घमण्ड हो गया है, किसी से सीधे मुंह बात नहीं करती!

बेटा—(विचार करके), हां, यह अवश्य उसका दोष है। मैं उसे समझा दूंगा।

मां—(प्रसन्न होकर) तुमसे सच कहती हूं बेटा, चारपाई से उठती तक नहीं, सब औरतें थुड़ी-थुड़ी करती हैं, मगर उसे तो शर्म जैसे छू ही नहीं गयी और मैं हूं, कि मारे शर्म के मरी जाती हूं।

बेटा—यही मेरी समझ में नहीं आता कि तुम हर बात में अपने को उसके कामों का जिम्मेदार क्यों समझ लेती हो? मुझ पर दफ्तर में न जाने कितनी घुड़कियां पड़ती हैं; रोज ही तो जवाब-तलब होता है, लेकिन तुम्हें उलटे मेरे साथ सहानुभूति होती है। क्या तुम समझती हो, अफसरों को मुझसे कोई बैर है, जो अनायास ही मेरे पीछे पड़े रहते हैं, या उन्हें उन्माद हो गया है, जो अकारण ही मुझे काटने दौड़ते हैं? नहीं इसका कारण यही है कि मैं अपने काम में चौकस नहीं हूं। गलतियां करता हूं, सुस्ती करता हूं, लापरवाही करता हूं। जहां अफसर सामने से हटा कि लगे समाचार पत्र पढ़ने या ताश खेलने। क्या उस वक्त हमें यह ख्याल नहीं रहता कि काम पड़ा हुआ है। और यह साहब डांट ही तो बतायेंगे, सिर झुकाकर सुन लेंगे, बाधा टल जायेगी। पर ताश खेलने का अवसर नहीं है, लेकिन कौन परवाह करता है। सोचते हैं, तुम मुझे दोषी समझकर भी मेरा पक्ष लेती हो और तुम्हारा बस चले, तो हमारे बड़े बाबू को मुझसे जवाब-तलब करने के अभियोग में कालेपानी भेज दो।

मां—(खिलकर) मेरे लड़के को कोई सजा देगा, तो क्या मैं पान-फूल से उसकी पूजा करूंगी?

बेटा—हरेक बेटा अपनी माता से इसी तरह की कृपा की आशा रखता है और सभी माताएं अपने लड़कों के ऐबों पर पर्दा डालती हैं। फिर बहुओं की ओर से क्यों उनका हृदय इतना कठोर हो जाता है, यह मेरी समझ में नहीं आता। तुम्हारी बहू पर जब दूसरी स्त्रियां चोट करें, तो तुम्हारे मातृ-स्नेह का यह धर्म है कि तुम उसकी तरफ से क्षमा मांगो, कोई बहाना कर दो, उनकी नज़रों में उसे उठाने की चेष्टा करो। इस तिरस्कार में तुम क्यों उनसे सहयोग करती हो? तुम्हें क्यों उसके अपमान में मजा आता है? मैं भी तो हरेक ब्राह्मण या बड़े-बूढ़ों का आदर-सत्कार नहीं करता। मैं किसी ऐसे व्यक्ति के सामने सिर झुका ही नहीं सकता, जिससे मुझे हार्दिक श्रद्धा न हो। केवल सफेद बाल, सिकुड़ी हुई खाल, पोपला मुंह और झुकी हुई कमर किसी को आदर का पात्र नहीं बना देती और न जनेऊ या तिलक या पण्डित और शर्मा की उपाधि ही भक्ति की वस्तु है। मैं लकीर-पीटू सम्मान को नैतिक अपराध समझता हूं। मैं तो उसी का सम्मान करूंगा जो मनसा-वाचा-कर्मणा हर पहलू से सम्मान के योग्य है। जिसे मैं जानता हूं कि मक्कारी, स्वार्थ-साधन और निन्दा के सिवा और कुछ नहीं करता, जिसे मैं जानता हूं कि रिश्वत और सूद तथा खुशामद की कमाई खाता है, वह अगर ब्रह्मा की आयु लेकर भी मेरे सामने आये, तो भी मैं उसे सलाम न करूं। इसे तुम मेरा अहंकार कह सकती हो। लेकिन मैं मजबूर हूं, जब तक मेरा दिल न झुके, मेरा सिर न झुकेगा। मुमकिन है, तुम्हारी बहू के मन में भी उन देवियों की ओर से अश्रद्धा के भाव हों। उनमें से दो-चार को मैं भी जानता हूं। हैं वे सब बड़े घर की; लेकिन सबके दिल छोटे,

विचार छोटे। कोई निन्दा की पुतली है, तो कोई खुशामद में युक्त, कोई गाली-गलौज में अनुपम। सभी रूढ़ियों की गुलाम, ईर्ष्या-द्वेष से जलने वाली। एक भी ऐसा नहीं, जिसने अपने घर को नरक का नमूना न बना रखा हो। अगर तुम्हारी बहू ऐसी औरतों के आगे सिर नहीं झुकाती, तो मैं उसे दोषी नहीं समझता।

मां—अच्छा, अब चुप रहो बेटा, देख लेना तुम्हारी यह रानी एक दिन तुमसे चूल्हा न जलवाये और झाड़ू न लगवाये, तो सही। औरतों को बहुत सिर चढ़ाना अच्छा नहीं होता। इस निर्लज्जता की भी कोई हद है, कि बूढ़ी सास तो खाना पकाये और जवान बहू बैठी उपन्यास पढ़ती रहे।

बेटा—बेशक यह बुरी बात है और मैं हर्गिज नहीं चाहता कि तुम खाना पकाओ और वह उपन्यास पढ़े, चाहे वह उपन्यास प्रेमचंदजी ही के क्यों न हों; लेकिन यह भी तो देखना होगा कि उसने अपने घर कभी खाना नहीं पकाया। वहां रसोइया महाराज है। और अब चूल्हे के सामने जाने से उसके सिर में दर्द होने लगता है; तो उसे खाना पकाने के लिए मजबूर करना उस पर अत्याचार करना है। मैं तो समझता हूं ज्यों-ज्यों हमारे घर की दशा का उसे ज्ञान होगा, उसके व्यवहार में आप-ही-आप इस्कताह होती जायेगी। यह उसके घरवालों की गलती है, कि उन्होंने उसकी शादी किसी धनी घर में नहीं की। हमने भी यह शरारत की कि अपनी असली हालत उनसे छिपायी और यह प्रकट किया कि हम पुराने रईस हैं। अब हम किस मुंह से यह कह सकते हैं कि तू खाना पका या बरतन मांज अथवा झाड़ू लगा? हमने उन लोगों से छल किया है और उसका फल हमें चखना पड़ेगा। अब तो हमारी कुशल, इसी में है कि अपनी दुर्दशा को नम्रता, विनय और सहानुभूति से ढांकें और उसे अपने दिल को यह तसल्ली देने का अवसर दें कि बला से धन नहीं मिला, घर के आदमी तो अच्छे मिले। अगर यह तसल्ली भी हमने उससे छीन ली, तो तुम्हीं सोचो, उसको कितनी विदारक वेदना होगी! शायद वह हम लोगों की सूरत से भी घृणा करने लगे।

मां—उसके घरवालों को सौ दफे गरज थी, तब हमारे यहां ब्याह किया। हम कुछ उनसे भीख मांगने गये थे?

बेटा—उनको अगर लड़के की गरज थी, तो हमें धन और कन्या दोनों की गरज थी।

मां—यहां के बड़े-बड़े रईस हमसे नाता करने को मुंह फैलाये हुए थे।

बेटा—इसीलिए कि हमने रईसों का स्वांग बना रखा है। घर की असली हालत खुल जाय, तो कोई बात भी न पूछे!

मां—तो तुम्हारे ससुराल वाले ऐसे कहां के रईस हैं। इधर ज़रा वकालत चल गयी, तो रईस हो गये, नहीं तो तुम्हारे ससुर के बाप मेरे सामने चपरासगीरी करते थे। और लड़की का यह दिमाग कि खाना पकाने से सिर में दर्द होता है। अच्छे-

अच्छे घरों की लड़कियां गरीबों के घर आती हैं और घर की हालत देखकर वैसा ही बर्ताव करती हैं। यह नहीं कि बैठी अपने भाग्य को कोसा करें। इस छोकरी ने हमारे घर को अपना समझा ही नहीं।

बेटा—जब तुम समझने भी दो। जिस घर में घुड़कियों, गालियों और कटुताओं के सिवा और कुछ न मिले, उसे अपना घर कौन समझे? घर तो वह है जहां स्नेह और प्यार मिले। कोई लड़की डोली से उतरते ही सास को अपनी मां नहीं समझ सकती। मां तभी समझेगी, जब सास पहले उसके साथ मां का-सा बर्ताव करे, बल्कि अपनी लड़की से ज्यादा प्रिय समझे।

मां—अच्छा, अब चुप रहो। जी न जलाओ। यह जमाना ही ऐसा है कि लड़कों ने स्त्री का मुंह देखा और उसके गुलाम हुए। ये सब न-जाने कौन-सा मंतर सीखकर आती हैं। यह बहू-बेटी के लच्छन हैं कि पहर दिन चढ़े सोकर उठें? ऐसी कुलच्छनी बहू का तो मुंह न देखे।

बेटा—मैं भी तो देर से सोकर उठता हूं, अम्मां! मुझे तो तुमने कभी नहीं कोसा।

मां—तुम हर बात में उससे अपनी बराबरी करते हो?

बेटा—यह उसके साथ घोर अन्याय है; क्योंकि जब तक वह इस घर को अपना नहीं समझती, तब तक उसकी हैसियत मेहमान की है और मेहमान की हम खातिर करते हैं, उसके ऐब नहीं देखते।

मां—ईश्वर न करे कि किसी को ऐसी बहू मिले!

बेटा—तो वह तुम्हारे घर में रह चुकी।

मां—क्या संसार में औरतों की कमी है?

बेटा—औरतों की कमी तो नहीं; मगर देवियों की कमी ज़रूर है।

मां—नौज ऐसी औरत। सोने लगती है, तो बच्चा चाहे रोते-रोते बेदम हो जाय, मिनकती तक नहीं। फूल-सा बच्चा लेकर मैके गयी थी, तीन महीने में लौटी, तो बच्चा आधा भी नहीं है।

बेटा—तो क्या मैं यह मान लूं कि तुम्हें उसके लड़के से जितना प्रेम है, उतना उसे नहीं हैं? यह तो प्रकृति के नियम के विरुद्ध है। और मान लो, वह निरमोहिन ही है, तो यह उसका दोष है। तुम क्यों उसकी जिम्मेदारी अपने सिर लेती हो? उसे पूरी स्वतन्त्रता है, जैसे चाहे अपने बच्चे को पाले, अगर वह तुमसे कोई सलाह पूछे, प्रसन्न-मुख से दे दो, न पूछे तो समझ लो, उसे तुम्हारी मदद की ज़रूरत नहीं है। सभी माताएं अपने बच्चे को प्यार करती हैं और वह अपवाद नहीं हो सकती।

मां—तो मैं सब कुछ देखूं, मुंह न खोलूं? घर में आग लगते देखूं और चुपचाप मुंह में कालिख लगाये खड़ी रहूं?

बेटा—तुम इस घर को जल्द छोड़ने वाली हो, उसे बहुत दिन रहना है। घर की हानि-लाभ की जितनी चिन्ता उसे हो सकती है, तुम्हें नहीं हो सकती। फिर मैं कर ही क्या सकता हूं? ज्यादा-से-ज्यादा उसे डांट बता सकता हूं लेकिन वह डांट की परवाह न करे और तुर्की-बतुर्की जवाब दे, तो मेरे पास ऐसा कौन-सा साधन है, जिससे मैं उसे ताड़ना दे सकूं?

मां—तुम दो दिन न बोलो, तो देवता सीधे हो जायें, सामने नाक रगड़े।

बेटा—मुझे इसका विश्वास नहीं है। मैं उससे न बोलूंगा, वह भी मुझसे न बोलेगी। ज्यादा पीछे पड़ूंगा, तो अपने घर चली जायेगी।

मां—ईश्वर यह दिन लाये। मैं तुम्हारे लिए नयी बहू लाऊं।

बेटा—सम्भव है, इसकी भी चची हो।

[सहसा बहू आकर खड़ी हो जाती है। मां और बेटा दोनों स्तम्भित हो जाते हैं, मानो कोई बम का गोला आ गिरा हो। रूपवती, नाजुक-मिज़ाज, गर्वीली रमणी है, जो मानो शासन करने के लिए ही बनी है। कपोल तमतमाये हुए हैं, पर अधरों पर विष भरी मुसकान है और आंखों में व्यंग्य-मिला परिहास।]

मां—(अपनी झेंप छिपाकर) तुम्हें कौन बुलाने गया था?

बहू—क्यों यहां जो तमाशा हो रहा है, उसका आनन्द मैं न उठाऊं?

बेटा—मां-बेटे के बीच में तुम्हें दखल देने का कोई हक नहीं।

(बहू की मुद्रा सहसा कठोर हो जाती है।)

बहू—अच्छा, आप जबान बन्द रखिए। जो पति अपनी स्त्री की निन्दा सुनता रहे, वह पति बनने के योग्य नहीं। वह पतिधर्म का क ख ग भी नहीं जानता। मुझसे अगर कोई तुम्हारी बुराई करता, चाहे वह मेरी प्यारी मां ही क्यों न होती, तो मैं उसकी जबान पकड़ लेती! तुम मेरे घर जाते हो, तो वहां तो जिसे देखती हूं, तुम्हारी प्रशंसा ही करता है। छोटे से बड़े तक गुलामों की तरह दौड़ते फिरते हैं। अगर उनके बस में हो, तो तुम्हारे लिए स्वर्ग के तारे तोड़ लायें और उसका जवाब मुझे यहां यह मिलता है कि बात-बात पर ताने-मेहने, तिरस्कार-बहिष्कार। मेरे घर तो तुमसे कोई नहीं कहता कि तुम देर में क्यों उठे, तुमने अमुक महोदय को सलाम नहीं किया, अमुक के चरणों पर सिर क्यों नहीं पटका? मेरे बाबूजी कभी गवारा न करेंगे कि तुम उनकी देह पर मुक्कियां लगाओ या उनकी धोती धोओ या उन्हें खाना पकाकर खिलाओ। मेरे साथ यहां यह बर्ताव क्यों? मैं यहां लौंडी बनकर नहीं आयी हूं। तुम्हारी जीवन-संगिनी बनकर आयी हूं। मगर जीवन-संगिनी का यह अर्थ तो नहीं कि तुम मेरे ऊपर सवार होकर मुझे जलाओ। यह मेरा काम है कि जिस तरह चाहूं, तुम्हारे साथ अपने कर्तव्य का पालन करूं। उसकी प्रेरणा मेरी आत्मा से होनी चाहिए, ताड़ना या तिरस्कार से नहीं। अगर कोई मुझे कुछ सिखाना चाहता है, तो मां की तरह प्रेम से सिखाये, मैं सीखूंगी, लेकिन

कोई जबरदस्ती, मेरी छाती पर चढ़कर, अमृत भी मेरे कण्ठ में ठूंसना चाहे तो मैं ओंठ बन्द कर लूंगी। मैं अब तक कब की इस घर को अपना समझ चुकी होती; अपनी सेवा और कर्तव्य का निश्चय कर चुकी होती; मगर यहां तो हर घड़ी, हर पल, मेरी देह में सुई चुभाकर मुझे याद दिलाया जाता है कि तू इस घर की लौंडी है, तेरा इस घर से कोई नाता नहीं, तू सिर्फ गुलामी करने के लिये यहां लायी गयी है और मेरा रक्त खौल कर रह जाता है। अगर यही हाल रहा, तो एक दिन तुम दोनों मेरी जान लेकर रहोगे।

मां—सुन रहे हो अपनी चहेती रानी की बातें? यह यहां लौंडी बनकर नहीं, रानी बनकर आयी है, हम दोनों उसकी टहल करने के लिए हैं, उसका काम हमारे ऊपर शासन करना है, उसे कोई कुछ काम करने कौन कहे, मैं खुद मरा करूं। और तुम उसकी बातें कान लगाकर सुनते हो। तुम्हारा मुंह कभी नहीं खुलता कि उसे डांटो या समझाओ। 'थर-थर' कांपते रहते हो।

बेटा—अच्छा अम्मां, ठंडे दिल से सोचो। मैं इसकी बातें न सुनूं, तो कौन सुने? क्या तुम इसके साथ इतनी हमदर्दी भी नहीं देखना चाहती। आखिर बाबूजी जीवित थे, तब वह तुम्हारी बातें सुनते थे या नहीं? तुम्हें प्यार करते थे या नहीं? फिर मैं अपनी बीवी की बातें सुनता हूं तो कौन-सी नयी बात करता हूं। और इसमें तुम्हारे बुरा मानने की कौन बात है?

मां—हाय बेटा, तुम अपनी स्त्री के सामने मेरा अपमान कर रहे हो! इसी दिन के लिए मैंने तुम्हें पाल-पोस कर बड़ा किया था? क्यों मेरी छाती नहीं फट जाती?

[वह आंसू पोंछती, आपे से बाहर, कमरे से निकल जाती है। स्त्री-पुरुष दोनों कौतुक-भरी आंखों से उसे देखते हैं, जो बहुत जल्द हमदर्दी में बदल जाती है।]

पति—मां का हृदय.......

स्त्री—मां का हृदय नहीं, स्त्री का हृदय....

पति—अर्थात्?

स्त्री—जो अन्त तक पुरुष का सहारा चाहता है, स्नेह चाहता है और उस पर किसी दूसरी स्त्री का असर देखकर ईर्ष्या से जल उठता है।

पति—क्या पगली की-सी बातें करती हो?

स्त्री—यथार्थ कहती हूं।

पति—तुम्हारा दृष्टिकोण बिल्कुल गलत है और इसका तजरबा तुम्हें तब होगा, जब तुम खुद सास होगी।

स्त्री—मुझे सास बनना ही नहीं है। लड़का अपने हाथ-पांव का हो जाय, ब्याह करे और अपना घर संभाले। मुझे बहू से क्या सरोकार?

पति—तुम्हें यह अरमान बिल्कुल नहीं है कि तुम्हारा लड़का योग्य हो, तुम्हारी बहू लक्ष्मी हो और दोनों का जीवन सुख से कटे?

स्त्री—क्या मैं मां नहीं हूं?

पति—मां और सास में क्या कोई अन्तर है?

स्त्री—उतना ही जितना जमीन और आसमान में है! मां प्यार करती है, सास शासन करती है। कितनी ही दयालु, सहनशील, सतोगुणी स्त्री हो, सास बनते ही मानो ब्यायी हुई गाय हो जाती है। जिसे पुत्र से जितना ही ज्यादा प्रेम है, वह बहू पर उतनी ही निर्दयता से शासन करती है। मुझे भी अपने ऊपर विश्वास नहीं है। अधिकार पाकर किसे मद नहीं हो जाता? मैंने तय कर लिया है, सास बनूंगी ही नहीं। औरत की गुलामी सासों के बल पर कायम है। जिस दिन सासें न रहेंगी, औरत की गुलामी का अन्त हो जायेगा।

पति—मेरा ख्याल है, तुम ज़रा भी सहज बुद्धि से काम लो, तो तुम अम्मां पर भी शासन कर सकती हो। तुमने हमारी बातें कुछ सुनीं?

स्त्री—बिना सुने ही मैंने समझ लिया कि क्या बातें हो रही होंगी। वही बहू का रोना...

पति—नहीं, नहीं। तुमने बिल्कुल गलत समझा। अम्मां के मिज़ाज में आज मैंने विस्मयकारी अन्तर देखा, बिल्कुल अभूतपूर्व। आज वह जैसे अपनी कटुताओं पर लज्जित हो रही थीं। हां, प्रत्यक्ष रूप से नहीं, संकेत रूप से। अब तक वह तुमसे इसलिए नाराज रहती थीं कि तुम देर में उठती हो। अब शायद उन्हें यह चिन्ता हो रही है कि कहीं सवेरे उठने से तुम्हें ठण्ड न लग जाय। तुम्हारे लिए पानी गर्म करने को कह रही थीं!

स्त्री—(प्रसन्न होकर)सच!

पति—हां, मुझे तो सुनकर आश्चर्य हुआ।

स्त्री—तो अब मैं मुंह-अंधेरे उठूंगी। ऐसी ठण्ड क्या लग जायेगी; लेकिन तुम मुझे चकमा तो नहीं दे रहे हो?

पति—अब इस बदगुमानी का क्या इलाज। आदमी को कभी-कभी अपने अन्याय पर खेद तो होता ही है।

स्त्री—तुम्हारे मुंह में घी-शक्कर। अब मैं गजरदम उठूंगी। वह बेचारी मेरे लिए क्यों पानी गर्म करेंगी? मैं खुद गर्म कर लूंगी। आदमी करना चाहे तो क्या नहीं कर सकता?

पति—मुझे उनकी बात सुन-सुनकर ऐसा लगता था, जैसे किसी दैवी आदेश ने उनकी आत्मा को जगा दिया हो। तुम्हारे अल्हड़पन और चपलता पर कितना भन्नाती हैं। चाहती थीं कि घर में कोई बड़ी-बूढ़ी आ जाय, तो तुम उसके चरण छुओ लेकिन शायद अब उन्हें मालूम होने लगा है कि इस उम्र में सभी थोड़े बहुत अल्हड़ होते हैं। शायद उन्हें अपनी जवानी याद आ रही है। कहती थीं, यही तो शौक-सिंगार, पहनने-ओढ़ने, खाने-खेलने के दिन थे। बुढ़ियों का तो दिन-भर

तांता लगा रहता है, कोई कहां तक उनके चरण छुए और क्यों छुए? ऐसी कहां की बड़ी देवियां हैं।

स्त्री—मुझे तो हर्षोन्माद हुआ चाहता है।

पति—मुझे तो विश्वास ही न आता था। स्वप्न देखने का सन्देह हो रहा था।

स्त्री—अब आयी हैं राह पर।

पति—कोई दैवी प्रेरणा समझो।

स्त्री—मैं कल से ठेठ बहू बन जाऊंगी। किसी को खबर भी न होगी कि कब अपना मेकअप करती हूं। सिनेमा के लिए भी सप्ताह में एक दिन काफी है। बूढ़ियों के पांव छू लेने में ही क्या हरज है? वे देवियां न सही, चुड़ैलें ही सही; मुझे आशीर्वाद तो देंगी, मेरा गुण तो गावेंगी।

पति—सिनेमा का तो उन्होंने नाम भी नहीं लिया।

स्त्री—तुमको जो इसका शौक है। अब तुम्हें भी न जाने दूंगी।

पति—लेकिन सोचो, तुमने कितनी ऊंची शिक्षा पायी है, किस कुल की हो, इन खूसट बुढ़ियों के पांव पर सिर रखना तुम्हें बिल्कुल शोभा न देगा।

स्त्री—तो क्या ऊंची शिक्षा के यह माने हैं कि हम दूसरों को नीचा समझें? बुड्ढे कितने ही मूर्ख हों; लेकिन दुनिया का तजरबा तो रखते हैं। कुल की प्रतिष्ठा भी नम्रता और सद्व्यवहार से होती है, हेकड़ी और रुखाई से नहीं।

पति—मुझे तो यही ताज्जुब होता है कि इतनी जल्दी इनकी कायापलट कैसे हो गयी। अब इन्हें बहुओं का सास के पांव दबाना या उनकी साड़ी धोना या उनकी देह में मुक्कियां लगाना बुरा लगने लगा है। कहती थीं, बहू कोई लौंडी थोड़े ही है कि बैठी सास का पांव दबाये।

स्त्री—मेरी कसम?

पति—हां जी, सच कहता हूं। और तो और, अब वह तुम्हें खाना भी न पकाने देंगी। कहती थीं, जब बहू के सिर में दर्द होता है, तो क्यों उसे सताया जाय? कोई महाराज रख लो।

स्त्री—(फूली न समाकर) मैं तो आकाश में उड़ी जा रही हूं। ऐसी सास के तो चरण धो-धोकर पियें; मगर तुमने पूछा नहीं; अब तक तुम क्यों उसे मार-मारकर हकीम बनाने पर तुली रहती थी।

पति—पूछा क्यों नहीं, भला मैं छोड़ने वाला था। बोली, मैं अच्छी हो गयी थी, मैंने हमेशा खाना पकाया है, फिर वह क्यों न पकाये। लेकिन अब उनकी समझ में आया है कि वह निर्धन बाप की बेटी थीं, तुम सम्पन्न कुल की कन्या हो!

स्त्री—अम्मांजी दिल की साफ हैं। इन्हें मैं क्षमा के योग्य समझती हूं। जिस जलवायु में हम पलते हैं, उसे एकबारगी नहीं बदल सकते। जिन रूढ़ियों और परम्पराओं में उनका जीवन बीता है, उन्हें तुरन्त त्याग देना उनके लिए कठिन है।

वह क्यों, कोई भी नहीं छोड़ सकता। वह तो फिर भी बहुत उदार हैं। तुम अभी महाराज मत रखो। ख्वामख्वाह जेरबार क्यों होंगे, जब तरक्की हो जाय, तो महाराज रख लेना। अभी मैं खुद पका लिया करूंगी। तीन-चार प्राणियों का खाना ही क्या। मेरी ज़ात से कुछ अम्मां को आराम मिले। मैं जानती हूं सब कुछ; लेकिन कोई रोब जमाना चाहे, तो मुझसे बुरा कोई नहीं।

पति—मगर यह तो मुझे बुरा लगेगा कि तुम रात को अम्मां के पांव दबाने बैठो।

स्त्री—बुरा लगने की कौन बात है, जब उन्हें मेरा इतना ख्याल है, तो मुझे भी उनका लिहाज करना ही चाहिए। जिस दिन मैं उनके पांव दबाने बैठूंगी, वह मुझ पर प्राण देने लगेंगी। आखिर बहू-बेटे का कुछ सुख उन्हें भी तो हो! बड़ों की सेवा करने में हेठी नहीं होती। बुरा जब लगता है, जब वह शासन करते हैं और अम्मां मुझसे पांव दबवायेंगी थोड़े ही। सेंत का यश मिलेगा।

पति—अब तो अम्मां को तुम्हारी फिजूलखर्ची भी बुरी नहीं लगती। कहती थीं, रुपये-पैसे बहू के हाथ में दे दिया करो।

स्त्री—चिढ़कर तो नहीं कहती थीं?

पति—नहीं, नहीं, प्रेम से कह रही थीं। उन्हें अब भय हो रहा है, कि उनके हाथ में पैसे रहने से तुम्हें असुविधा होती होगी। तुम बार-बार उनसे मांगती लजाती भी होगी और डरती भी होगी एवं तुम्हें अपनी जरूरतों को रोकना पड़ता होगा।

स्त्री—ना भैया, मैं यह जंजाल अभी अपने सिर न लूंगी। तुम्हारी थोड़ी-सी तो आमदनी है, कहीं जल्दी से खर्च हो जाय, तो महीना कटना मुश्किल हो जाय। थोड़े में निर्वाह करने की विद्या उन्हीं को आती है। मेरी ऐसी ज़रूरतें ही क्या हैं? मैं तो केवल अम्मांजी को चिढ़ाने के लिए उनसे बार-बार रुपये मांगती थी। मेरे पास तो खुद सौ-पचास रुपये पड़े रहते हैं। बाबूजी का पत्र आता है, तो उसमें दस-बीस के नोट ज़रूर होते हैं; लेकिन अब मुझे हाथ रोकना पड़ेगा। आखिर बाबूजी, कब तक देते चले जायेंगे और यह कौन-सी अच्छी बात है कि मैं हमेशा उन पर टैक्स लगाती रहूं?

पति—देख लेना अम्मां अब तुम्हें कितना प्यार करती हैं।

स्त्री—तुम भी देख लेना, मैं उनको कितनी सेवा करती हूं।

पति—मगर शुरू तो उन्होंने किया?

स्त्री—केवल विचार में। व्यवहार में आरम्भ मेरी ही ओर से होगा। भोजन पकाने का समय आ गया, चलती हूं। आज कोई खास चीज़ तो नहीं खाओगे?

पति—तुम्हारे हाथों की रूखी रोटियां भी पकवान का मजा देंगी।

स्त्री—अब तुम नटखटी करने लगे।

●●●

शतरंज के खिलाड़ी

वाजिदअली शाह का समय था। लखनऊ विलासिता के रंग में डूबा हुआ था। छोटे-बड़े, गरीब-अमीर सभी विलासिता में डूबे हुए थे। कोई नृत्य और गान की मजलिस सजाता था, तो कोई अफीम की पीनक ही में मजे लेता था। जीवन के प्रत्येक विभाग में आमोद-प्रमोद का प्राधान्य था। शासन-विभाग में, साहित्य-क्षेत्र में, सामाजिक अवस्था में, कला-कौशल में, उद्योग-धंधों में, आहार-व्यवहार में, सर्वत्र विलासिता व्याप्त हो रही थी। राजकर्मचारी विषय-वासना में, कविगण प्रेम और विरह के वर्णन में, कारीगर कलाबत्तू और चिकन बनाने में, व्यवसायी सुरमे, इत्र, मिस्सी और उबटन का रोजगार करने में लिप्त थे। सभी की आंखों में विलासिता का मद छाया हुआ था। संसार में क्या हो रहा है, इसकी किसी को खबर न थी। बटेर लड़ रहे हैं। तीतरों की लड़ाई के लिए पाली बदी जा रही है। कहीं चौसर बिछी हुई है; पौ-बारह का शोर मचा हुआ है। कहीं शतरंज का घोर संग्राम छिड़ा हुआ है। राजा से लेकर रंक तक इसी धुन में मस्त थे। यहां तक कि फकीरों को पैसे मिलते, तो वे रोटियां न लेकर अफीम खाते या मदक पीते। शतरंज, ताश, गंजीफा खेलने से बुद्धि तीव्र होती है, विचार-शक्ति का विकास होता है, पेचीदा मसलों को सुलझाने की आदत पड़ती है। ये दलीलें जोरों के साथ पेश की जाती थीं (इस सम्प्रदाय के लोगों से दुनिया अब भी खाली नहीं है)। इसलिए अगर मिरजा सज्जादअली और मीर रौशनअली अपना अधिकांश समय बुद्धि तीव्र करने में व्यतीत करते थे, तो किसी विचारशील पुरुष को क्या आपत्ति हो सकती थी ? दोनों के पास मौरूसी जागीरें थीं; जीविका की कोई चिन्ता न थी; घर में बैठे चखौतियां करते थे। आखिर और करते ही क्या ? प्रातःकाल दोनों मित्र नाश्ता करके बिसात बिछाकर बैठ जाते, मुहरे सज जाते, और लड़ाई के दांव-पेच होने लगते। फिर खबर न होती थी कि कब दोपहर हुई, कब तीसरा पहर, कब शाम! घर के भीतर से बार-बार बुलावा आता कि खाना तैयार है। यहां से जवाब मिलता—चलो, आते हैं, दस्तरख्वान बिछाओ। यहां तक कि बावरची विवश होकर कमरे ही में खाना रख जाता था, और दोनों मित्र दोनों काम साथ-साथ करते थे।

मिरजा सज्जादअली के घर में कोई बड़ा-बूढ़ा न था, इसलिए उन्हीं के दीवानखाने में बाजियां होती थीं। मगर यह बात न थी कि मिरजा के घर के और

लोग इस व्यवहार से खुश हों। घर वालों को तो कहना ही क्या, मुहल्ले वाले, घर के नौकर-चाकर तक नित्य द्वेषपूर्ण टिप्पणियां किया करते थे—बड़ा मनहूस खेल है। घर को तबाह कर देता है। खुदा न करे, किसी को इसकी चाट पड़े, आदमी दीन दुनिया किसी काम का नहीं रहता, न घर का, न घाट का। बुरा रोग है। यहां तक कि मिरजा की बेगम साहबा को इससे इतना द्वेष था कि अवसर खोज-खोजकर पति को लताड़ती थीं। पर उन्हें इसका अवसर मुश्किल से मिलता था। वह सोती ही रहती थीं, तब तक बाजी बिछ जाती थी। और रात को जब सो जाती थीं, तब कहीं मिरजाजी घर में आते थे। हां, नौकरों पर वह अपना गुस्सा उतारती रहती थीं—क्या पान मांगे हैं? कह दो, आकर ले जाएं। खाने की फुरसत नहीं है? ले जाकर खाना सिर पर पटक दो, खाएं चाहे कुत्ते को खिलाएं। पर रूबरू वह भी कुछ न कह सकती थीं। उनको अपने पति से उतना मलाल न था, जितना मीर साहब से । उन्होंने उनका नाम मीर बिगाड़ू रख छोड़ा था। शायद मिरजाजी अपनी सफाई देने के लिए सारा इलजाम मीर साहब ही के सिर थोप देते थे।

एक दिन बेगम साहबा के सिर में दर्द होने लगा। उन्होंने लौंडी से कहा—जाकर मिरजा साहब को बुला ला। किसी हकीम के यहां से दवा लाएं। दौड़, जल्दी कर। लौंडी गयी तो मिरजाजी ने कहा—चल, अभी आते हैं। बेगम साहबा का मिजाज गरम था। इतनी ताब कहां कि उनके सिर में दर्द हो और पति शतरंज खेलता रहे। चेहरा सुर्ख हो गया। लौंडी से कहा—जाकर कह, अभी चलिए, नहीं तो वह आप ही हकीम के यहां चली जाएंगी। मिरजाजी बड़ी दिलचस्प बाजी खेल रहे थे, दो ही किस्तों में मीर साहब की मात हुई जाती थी। झुंझलाकर बोले—क्या ऐसा दम लबों पर है? जरा सब्र नहीं होता?

मीर—अरे, तो जाकर सुन ही आइए न! औरतें नाजुक-मिजाज होती ही हैं।

मिरजा—जी हां, चला क्यों न जाऊं! दो किश्तों में आपकी मात होती है।

मीर—जनाब, इस भरोसे न रहिएगा। वह चाल सोची है कि आपके मुहरे धरे रहें और मात हो जाय। पर जाइए, सुन आइए। क्यों खामख्वाह उनका दिल दुखाइएगा?

मिरजा—इस बात पर मात ही करके जाऊंगा।

मीर—मैं खेलूंगा ही नहीं। आप जाकर सुन आइए।

मिरजा—अरे यार, जाना पड़ेगा हकीम के यहां। सिर-दर्द खाक नहीं है; मुझे परेशान करने का बहाना है।

मीर—कुछ भी हो, उनकी खातिर तो करनी ही पड़ेगी।

मिरजा—अच्छा, एक चाल और चल लूं।

मीर—हरगिज नहीं, जब तक आप सुन आएंगे, मैं मुहरे में हाथ ही न लगाऊंगा।

मिरजा साहब मजबूर होकर अन्दर गये, तो बेगम साहब ने त्योरियां बदल कर, लेकिन कराहते हुए कहा—तुम्हें निगोड़ी शतरंज इतनी प्यारी है। चाहे कोई मर ही जाय, पर उठने का नाम नहीं लेते! नौज, कोई तुम जैसा आदमी हो!

मिरजा—क्या कहूं, मीर साहब मानते ही न थे। बड़ी मुश्किल से पीछा छुड़ाकर आया हूं।

बेगम—क्या जैसे वह खुद निखट्टू हैं, वैसे ही सबको समझते हैं? उनके भी तो बाल-बच्चे हैं या सबका सफाया कर डाला?

मिरजा—बड़ा लती आदमी है। जब आ जाता है, तब मजबूर होकर मुझे भी खेलना पड़ता है।

बेगम—दुत्कार क्यों नहीं देते?

मिरजा—बराबर के आदमी हैं, उम्र में, दर्जे में मुझसे दो अंगुल ऊंचे। मुलाहिजा करना ही पड़ता है।

बेगम—तो मैं ही दुत्कारे देती हूं। नाराज हो जाएंगे, हो जाएं। कौन किसी की रोटियां चला देता है। रानी रूठेंगी, अपना सुहाग लेंगी। हरिया, जा बाहर से शतरंज उठा ला। मीर साहब से कहना, मियां अब न खेलेंगे; आप तशरीफ ले जाइए।

मिरजा—हां-हां, कहीं ऐसा गजब भी न करना! जलील करना चाहती हो क्या? ठहर हरिया, कहां जाती है।

बेगम—जाने क्यों नहीं देते? मेरा ही खून पिए, जो उसे रोके। अच्छा, उसे रोका, मुझे रोको, तो जानूं?

यह कहकर बेगम साहबा झल्लाई हुई दीवानखाने की तरफ चलीं। मिरजा बेचारे का रंग उड़ गया। बीबी की मिन्नतें करने लगे—खुदा के लिए, तुम्हें हजरत हुसेन की कसम है। मेरी ही मैयत देखे, जो उधर जाय। लेकिन बेगम ने एक न मानी। दीवानखाने के द्वार तक गयी, पर एकाएक पर-पुरुष के सामने जाते हुए पांव बंध-से गए। भीतर झांका, संयोग से कमरा खाली था। मीर साहब ने दो-एक मुहरे इधर-उधर कर दिये थे और अपनी सफाई जताने के लिए बाहर टहल रहे थे। फिर क्या था, बेगम ने अन्दर पहुंचकर बाजी उलट दी, मुहरे कुछ तख्त के नीचे फेंक दिये, कुछ बाहर और किवाड़ अन्दर से बन्द करके कुंडी लगा दी। मीर साहब दरवाजे पर तो थे ही, मुहरे बाहर फेंके जाते देखे, चूड़ियों की झनक भी कान में पड़ी। फिर दरवाजा बन्द हुआ, तो समझ गए, बेगम साहबा बिगड़ गईं। चुपके से घर की राह ली।

मिरजा ने कहा—तुमने गजब किया।

बेगम—अब मीर साहब इधर आये, तो खड़े-खड़े निकलवा दूंगी। इतनी लौ खुदा से लगाते, तो वली हो जाते! आप तो शतरंज खेलें और मैं यहां चूल्हे-चक्की की फिक्र में सिर खपाऊं! जाते हो हकीम साहब के यहां कि अब भी ताम्मुल है?

मिरजा घर से निकले, तो हकीम के घर जाने के बदले मीर साहब के घर पहुंचे और सारा वृत्तान्त कहा। मीर साहब बोले—मैंने तो जब मुहरे बाहर आते देखे, तभी ताड़ गया। फौरन भागा। बड़ी गुस्सेवर मालूम होती हैं। मगर आपने उन्हें यों सिर चढ़ा रखा है, यह मुनासिब नहीं। उन्हें इससे क्या मतलब कि आप बाहर क्या करते हैं। घर का इन्तजाम करना उनका काम है; दूसरी बातों से उन्हें क्या सरोकार?

मिरजा—खैर, यह तो बताइए, अब कहां जमाव होगा?

मीर—इसका क्या गम है! इतना बड़ा घर पड़ा हुआ है। बस, यहीं जमे।

मिरजा—लेकिन बेगम साहबा को कैसे मनाऊंगा? जब घर पर बैठा रहता था, तब तो वह इतना बिगड़ती थीं; यहां बैठक होगी, तो शायद जिन्दा न छोड़ेंगी।

मीर—अजी, बकने भी दीजिए, दो-चार रोज में आप ही ठीक हो जायेंगी। हां, आप इतना कीजिए कि आज से जरा तन जाइए।

मीर साहब की बेगम किसी अज्ञात कारण से मीर साहब का घर से दूर रहना ही उपयुक्त समझती थीं। इसलिए वह उनके शतरंज-प्रेम की कभी आलोचना न करती थीं, बल्कि कभी-कभी मीर साहब को देर हो जाती, तो याद दिला देती थीं। इन कारणों से मीर साहब को भ्रम हो गया था कि मेरी स्त्री अत्यन्त विनयशील और गम्भीर है। लेकिन जब दीवानखाने में बिसात बिछने लगी, और मीर साहब दिन-भर घर में रहने लगे, तो बेगम साहबा को बड़ा कष्ट होने लगा। उनकी स्वाधीनता में बाधा पड़ गई। दिन-भर दरवाजे पर झांकने को तरस जातीं।

उधर नौकरों में भी कानाफूसी होने लगी। अब तक दिन-भर पड़े-पड़े मक्खियां मारा करते थे। घर में कोई आए, कोई जाए, उनसे कुछ मतलब न था। अब आठों पहर की धौंस हो गई। कभी पान लाने का हुक्म होता, कभी मिठाई का। और हुक्का तो किसी प्रेमी के हृदय की भांति नित्य जलता ही रहता था। वे बेगम साहबा से जा-जाकर कहते—हुजूर, मियां की शतरंज तो हमारे जी का जंजाल हो गई। दिन-भर दौड़ते-दौड़ते पैरों में छाले पड़ गए। यह भी कोई खेल है कि सुबह को बैठे तो शाम कर दी। घड़ी आध घड़ी दिल-बहलाव के लिए खेल खेलना बहुत है। खैर, हमें तो कोई शिकायत नहीं; हुजूर के गुलाम हैं, जो हुक्म होगा, बजा ही लाएंगे; मगर यह खेल मनहूस है। इसका खेलने वाला कभी पनपता नहीं; घर पर कोई न कोई आफत जरूर आती है। यहां तक कि एक के पीछे महल्ले-के-महल्ले तबाह होते देखे गए हैं। सारे मुहल्ले में यही चरचा होती रहती है। हुजूर का नमक खाते हैं, अपने आका की बुराई सुन-सुनकर रंज होता है। मगर क्या करें? इस पर बेगम साहबा कहतीं, "मैं तो खुद इसको पसन्द नहीं करती। पर वह किसी की सुनते ही नहीं, क्या किया जाय?"

मुहल्ले में भी जो दो-चार पुराने जमाने के लोग थे, आपस में भांति-भांति के अमंगल की कल्पनाएं करने लगे—अब खैरियत नहीं। जब हमारे रईसों का यह हाल है, तो मुल्क का खुदा ही हाफिज है। यह बादशाहत शतरंज के हाथों तबाह होगी। आसार बुरे हैं।

राज्य में हाहाकार मचा हुआ था। प्रजा दिन-दहाड़े लूटी जाती थी। कोई फरियाद सुनने वाला न था। देहातों की सारी दौलत लखनऊ में खिंची आती थी और वह वेश्याओं में, भांड़ों में और विलासिता के अन्य अंगों की पूर्ति में उड़ जाती थी। अंग्रेज कम्पनी का ऋण दिन-दिन बढ़ता जाता था। कमली दिन-दिन भीगकर भारी होती जाती थी। देश में सुव्यवस्था न होने के कारण वार्षिक कर भी वसूल न होता था। रेजीडेंट बार-बार चेतावनी देता था, पर यहां तो लोग विलासिता के नशे में चूर थे; किसी के कानों पर जूं न रेंगती थी।

खैर, मीर साहब के दीवानखाने में शतरंज होते कई महीने गुजर गये। नए-नए नक्शे हल किए जाते; नए-नए किले बनाए जाते; नित्य नई ब्यूह-रचना होती; कभी-कभी खेलते-खेलते झौंड़ हो जाती; 'तू-तू, मैं-मैं' तक की नौबत आ जाती; पर शीघ्र ही दोनों मित्रों में मेल हो जाता। कभी-कभी ऐसा भी होता कि बाजी उठा दी जाती; मिरजाजी रूठकर अपने घर चले आते। मीर साहब अपने घर में जा बैठते। पर रात-भर की निद्रा के साथ सारा मनोमालिन्य शान्त हो जाता था। प्रातःकाल दोनों मित्र दीवानखाने में आ पहुंचते थे।

एक दिन दोनों मित्र बैठे हुए शतरंज की दलदल में गोते खा रहे थे कि इतने में घोड़े पर सवार एक बादशाही फौज का अफसर मीर साहब का नाम पूछता हुआ आ पहुंचा। मीर साहब के होश उड़ गए। यह क्या बला सिर पर आयी! यह तलबी किस लिए हुई है! अब खैरियत नहीं नजर आती। घर के दरवाजे बंद कर लिये। नौकरों से बोले—कह दो, घर में नहीं हैं।

सवार—घर में नहीं, तो कहां हैं?

नौकर—यह मैं नहीं जानता। क्या काम है?

सवार—काम तुझे क्या बताऊंगा? हुजूर में तलबी है। शायद फौज के लिए कुछ सिपाही मांगे गए हैं। जागीरदार हैं कि दिल्लगी! मोरचे पर जाना पड़ेगा, तो आटे-दाल का भाव मालूम हो जायेगा!

नौकर—अच्छा, तो जाइए, कह दिया जायेगा।

सवार—कहने की बात नहीं है। मैं कल खुद आऊंगा, साथ ले जाने का हुक्म हुआ है।

सवार चला गया। मीर साहब की आत्मा कांप उठी। मिरजा जी से बोले—कहिए जनाब, अब क्या होगा?

मिरजा—बड़ी मुसीबत है। कहीं मेरी तलबी भी न हो।

मीर—कम्बख्त कल फिर आने को कह गया है।

मिरजा—आफत है, और क्या! कहीं मोरचे पर जाना पड़ा, तो बेमौत मरे।

मीर—बस, यही एक तदबीर है कि घर पर मिलो ही नहीं। कल से गोमती पर कहीं वीराने में नक्शा जमे। वहां किसे खबर होगी? हजरत आकर आप लौट जायेंगे?

मिरजा—वल्लाह, आपको खूब सूझी! इसके सिवाय और कोई तदबीर ही नहीं है।

इधर मीर साहब की बेगम उस सवार से कह रही थी, तुमने खूब धता बताया।

उसने जवाब दिया—ऐसे गावदियों को तो चुटकियों पर नचाता हूं। इनकी सारी अक्ल और हिम्मत तो शतरंज ने चर ली। अब भूलकर भी घर पर न रहेंगे।

दूसरे दिन से दोनों मित्र मुंह अंधेरे घर से निकल खड़े होते। बगल में एक छोटी-सी दरी दबाए, डिब्बे में गिलौरियां भरे, गोमती पार की एक पुरानी वीरान मस्जिद में चले जाते, जिसे शायद नवाब आसफउद्दौला ने बनवाया था। रास्ते में तम्बाकू, चिलम और मदरिया ले लेते और मस्जिद में पहुंच, दरी बिछा, हुक्का भर शतरंज खेलने बैठ जाते थे। फिर उन्हें दीन-दुनिया की फिक्र न रहती थी। किश्त, शह आदि दो एक शब्दों के सिवा उनके मुंह से और कोई वाक्य नहीं निकलता था। कोई योगी भी समाधि में इतना एकाग्र न होता होगा। दोपहर को जब भूख मालूम होती, तो दोनों मित्र किसी नानबाई की दुकान पर जाकर खाना खाते, और एक चिलम हुक्का पीकर फिर संग्राम-क्षेत्र में डट जाते। कभी-कभी तो उन्हें भोजन का भी ख्याल न रहता था।

इधर देश की राजनीतिक दशा भयंकर होती जा रही थी। कम्पनी की फौजें लखनऊ की तरफ बढ़ी चली आती थीं। शहर में हलचल मची हुई थी। लोग बाल-बच्चों को लेकर देहातों में भाग रहे थे। पर हमारे दोनों खिलाड़ियों को इसकी जरा भी फिक्र न थी। वे घर से आते तो गलियों में होकर। डर था कि कहीं किसी बादशाही मुलाजिम की निगाह न पड़ जाये, तो बेगार में पकड़ जायें। हजारों रुपये सालाना की जागीर मुफ्त ही हजम करना चाहते थे।

एक दिन दोनों मित्र मस्जिद के खंडहर में बैठे हुए शतरंज खेल रहे थे। मिरजा की बाजी कुछ कमजोर थी। मीर साहब उन्हें किश्त-पर-किश्त दे रहे थे। इतने में कम्पनी के सैनिक आते हुए दिखाई दिए। वह गोरों की फौज थी, जो लखनऊ पर अधिकार जमाने के लिए आ रही थी।

मीर साहब बोले—अंग्रेजी फौज आ रही है; खुदा खैर करे।

मिरजा—आने दीजिए, किश्त बचाइए। यह किश्त।

मीर—जरा देखना चाहिए, यहीं आड़ में खड़े हो जायें।

मिरजा—देख लीजिएगा, जल्दी क्या है, फिर किश्त!

मीर—तोपखाना भी है! कोई पांच हजार आदमी होंगे। कैसे-कैसे जवान हैं। लाल बन्दरों के-से मुंह! सूरत देखकर खौफ मालूम होता है।

मिरजा—जनाब, हीले न कीज़िए। ये चकमे किसी और को दीजिएगा। यह किश्त!

मीर—आप भी अजीब आदमी हैं। यहां तो शहर पर आफत आयी हुई है और आपको किश्त ही सूझी है! कुछ इसकी भी खबर है कि शहर घिर गया, तो घर कैसे चलेंगे?

मिरजा—जब घर चलने का वक्त आएगा, तो देखा जायेगा—यह किश्त! बस, अब की शह में मात है।

फौज निकल गयी। दस बजे का समय था। फिर बाजी बिछ गई।

मिरजा बोले—आज खाने की कैसे ठहरेगी?

मीर—अजी, आज तो रोजा है। क्या आपको ज्यादा भूख मालूम होती है?

मिरजा—जी नहीं। शहर में न जाने क्या हो रहा है!

मीर—शहर में कुछ न हो रहा होगा। लोग खाना खा-खाकर आराम से सो रहे होंगे। हुजूर नवाब साहब भी ऐशगाह में होंगे।

दोनों सज्जन फिर जो खेलने बैठे, तो तीन बज गए। अब की मिरजाजी की बाजी कमजोर थी। चार का गजर बज ही रहा था कि फौज की वापसी की आहट मिली। नवाब वाजिदअली पकड़ लिए गए थे, और सेना उन्हें किसी अज्ञात स्थान को लिये जा रही थी। शहर में न कोई हलचल थी, न मार-काट। एक बूंद भी खून नहीं गिरा था। आज तक किसी स्वाधीन देश के राजा की पराजय इतनी शान्ति से, इस तरह खून बहे बिना न हुई होगी। यह वह अहिंसा न थी, जिस पर देवगण प्रसन्न होते हैं। यह वह कायरपन था, जिस पर बड़े-बड़े कायर भी आंसू बहाते हैं। अवध के विशाल देश का नवाब बन्दी चला जाता था और लखनऊ ऐश की नींद में मस्त था। यह राजनीतिक अध:पतन की चरम सीमा थी।

मिरजा ने कहा—हुजूर, नवाब साहब को जालिमों ने कैद कर लिया है।

मीर—होगा, यह लीजिए शह।

मिरजा—जनाब, जरा ठहरिए। इस वक्त इधर तबीयत नहीं लगती। बेचारे नवाब साहब इस वक्त खून के आंसू रो रहे होंगे।

मीर—रोया ही चाहें। यह ऐश वहां कहां नसीब होगा? यह किश्त!

मिरजा—किसी के दिन बराबर नहीं जाते। कितनी दर्दनाक हालत है।

मीर—हां; सो तो है ही—यह लो, फिर किश्त! बस, अब की किश्त में मात है, बच नहीं सकते।

मिरजा—खुदा की कसम, आप बड़े बेदर्द हैं। इतना बड़ा हादसा देखकर भी आपको दुःख नहीं होता। हाय, गरीब वाजिदअली शाह!

मीर—पहले अपने बादशाह को तो बचाइए, फिर नवाब साहब का मातम कीजिएगा। यह किश्त और यह मात! लाना हाथ!

बादशाह को लिए हुए सेना सामने से निकल गयी। उनके जाते ही मिरजा ने फिर बाजी बिछा दी। हार की चोट बुरी होती है। मीर ने कहा—आइए, नवाब साहब के मातम में एक मरसिया कह डालें। लेकिन मिरजा की राजभक्ति अपनी हार के साथ लुप्त हो चुकी थी। वह हार का बदला चुकाने के लिए अधीर हो रहे थे।

शाम हो गई। खंडहर में चमगादड़ों ने चीखना शुरू किया। अबाबीलें आ-आ कर अपने-अपने घोंसलों में चिमटीं। पर दोनों खिलाड़ी डटे हुए थे, मानो दो खून के प्यासे सूरमा आपस में लड़ रहे हों। मिरजा जी तीन बाजियां लगातार हार चुके थे; इस चौथी बाजी का रंग भी अच्छा न था। वह बार-बार जीतने का दृढ़ निश्चय करके संभलकर खेलते थे, लेकिन एक-न-एक चाल ऐसी बेढब आ पड़ती थी, जिससे बाजी खराब हो जाती थी। हर बार हार के साथ प्रतिकार की भावना और भी उग्र होती जाती थी। उधर मीर साहब मारे उमंग के गजलें गाते थे, चुटकियां लेते थे, मानो कोई गुप्त धन पा गए हों। मिरजा जी सुन-सुन झुंझलाते और हार की झेंप मिटाने के लिए उनकी दाद देते थे। पर ज्यों-ज्यों बाजी कमजोर पड़ती थी, धैर्य हाथ से निकला जाता था। यहां तक कि वह बात-बात पर झुंझलाने लगे—जनाब, आप चाल बदला न कीजिए। यह क्या कि एक चाल चले, और फिर उसे बदल दिया। जो कुछ चलना हो, एक बार चल दीजिए; यह आप मुहरे पर हाथ क्यों रखते हैं? मुहरे को छोड़ दीजिए। जब तक आपको चाल न सूझे, मुहरा छुइए ही नहीं। आप एक-एक चाल आध घण्टे में चलते हैं। इसकी सनद नहीं। जिसे एक चाल चलने में पांच मिनट से ज्यादा लगे, उसकी मात समझी जाय। फिर आपने चाल बदली! चुपके से मुहरा वहीं रख दीजिए।

मीर साहब का फरजी पिटता था। बोले—मैंने चाल चली ही कब थी?

मिरजा—आप चाल चल चुके हैं। मुहरा वहीं रख दीजिए—उसी घर में!

मीर—उस घर में क्यों रखूं? मैंने हाथ से मुहरा छोड़ा ही कब था?

मिरजा—मुहरा आप कयामत तक न छोड़ें, तो क्या चाल ही न होगी? फरजी पिटते देखा तो धांधली करने लगे।

मीर—धांधली आप करते हैं। हार-जीत तकदीर से होती है; धांधली करने से कोई नहीं जीतता।

मिरजा—तो इस बाजी में तो आपकी मात हो गई।

मीर—मुझे क्यों मात होने लगी?

मिरजा—तो आप मुहरा उसी घर में रख दीजिए, जहां पहले रक्खा था।

मीर—वहां क्यों रखूं? नहीं रखता।

मिरजा—क्यों न रखिएगा? आपको रखना होगा।

तकरार बढ़ने लगी। दोनों अपनी-अपनी टेक पर अड़े थे। न यह दबता था, न वह। अप्रासंगिक बातें होने लगीं। मिरजा बोले—किसी ने खानदान में शतरंज खेली होती, तब तो इसके कायदे जानते। वे तो हमेशा घास छीला किए, आप शतरंज क्या खेलिएगा। रियासत और ही चीज है। जागीर मिल जाने से ही कोई रईस नहीं हो जाता।

मीर—क्या! घास आपके अब्बाजान छीलते होंगे। यहां तो पीढ़ियों से शतरंज खेलते चले आ रहे हैं।

मिरजा—अजी, जाइए भी, गाजीउद्दीन हैदर के यहां बावरची का काम करते-करते उम्र गुजर गई, आज रईस बनने चले हैं। रईस बनना कुछ दिल्लगी नहीं है।

मीर—क्यों अपने बुजुर्गों के मुंह में कालिख लगाते हो—वे ही बावरची का काम करते होंगे। यहां तो हमेशा बादशाह के दस्तरख्वान पर खाना खाते चले आये हैं।

मिरजा—अरे चल चरकटे, बहुत बढ़-बढ़कर बातें न कर।

मीर—जबान संभालिए, वरना बुरा होगा। मैं ऐसी बातें सुनने का आदी नहीं हूं। यहां तो किसी ने आंखें दिखायीं कि उसकी आंखें निकालीं। है हौसला?

मिरजा—आप मेरा हौसला देखना चाहते हैं, तो फिर, आइए। आज दो-दो हाथ हो जायें, इधर या उधर।

मीर—तो यहां तुमसे दबने वाला कौन?

दोनों दोस्तों ने कमर से तलवारें निकाल लीं। नवाबी जमाना था; सभी तलवार, पेशकब्ज, कटार वगैरह बांधते थे। दोनों विलासी थे, पर कायर न थे। उनमें राजनीतिक भावों का अध:पतन हो गया था—बादशाह के लिए, बादशाहत के लिए क्यों मरें; पर व्यक्तिगत वीरता का अभाव न था। दोनों ने पैतरे बदले, तलवारें चमकीं, छपाछप की आवाजें आयीं। दोनों जख्म खाकर गिरे, और दोनों ने वहीं तड़प-तड़पकर जानें दे दीं। अपने बादशाह के लिए जिनकी आंखों से एक बूंद आंसू न निकला, उन्हीं दोनों प्राणियों ने शतरंज के वजीर की रक्षा में प्राण दे दिये।

अंधेरा हो चला था। बाजी बिछी हुई थी। दोनों बादशाह अपने-अपने सिंहासनों पर बैठे हुए मानो इन दोनों वीरों की मृत्यु पर रो रहे थे!

चारों तरफ सन्नाटा छाया हुआ था। खंडहर की टूटी हुई मेहराबें, गिरी हुई दीवारें और धूलि-धूसरित मीनारें इन लाशों को देखतीं और सिर धुनती थीं।

FCW - #0235 - 061026 - C0 - 216/140/5 - PB - 9788131012826 - Gloss Lamination